那一日樱桃看了动物世界们，便想，我这多么像只食欲旺盛的食蚁兽。

我这戴的那副线手套，本是樱桃为罗乙军织的。班上的女孩都在为男生织手套。细线毛线很便宜，八毛钱能买一小绺，色彩极明丽，有雪紫、有鹅黄、有米红，还有墨绿。樱桃选的是素黑。她觉得罗乙军如果戴上露手指的黑手套，就更像个小流氓了。器具也简陋，不是阿姨们织毛衣的棒针，而是纤细的竹针，一尺有余，在手指间穿梭缠绕，即使上课时在抽屉里编织物件，老师在讲台上也不会有丝毫察觉。单是双手套，常人四五十天就完工。樱桃不行，她的右手还似先前那样，三根手指鸭蹼般纠结在一起，做起针织类的细活很不便当。她织了足足半个月。

罗乙军还没初中毕业，就去新疆当兵了，樱桃便没机会将手套送他。即便罗乙军不当兵，又能怎样呢？以前他疯了似地搞收藏，樱桃曾托煤矿上人买过不少交通地图，有南京的、上海的，有巴黎的、伊斯坦布尔的，甚至还有

绵羊向西

张楚 著

河北出版传媒集团
河北教育出版社

年轮典存丛书

编者荐言

中国当代文学已走过七十多年，每一次文学浪潮的奔腾翻涌，都有彪炳文学史的作家留下优秀作品。

回首20世纪七八十年代，改革开放开启了中国当代文学持续至今的繁盛，由于几百家文学刊物的存在，中短篇小说曾是浩荡文学洪流中的浪尖。然而，以1993年“陕军东征”为分水岭，长篇小说创作成为中国文坛中独立潮头的存在，衡量一个作家的创作成就及一个时期的文学成果，往往要看长篇小说的收获。中短篇小说的创作和读者关注度减弱，似乎文学作品非鸿篇巨制不足以铭记大时代车轮驶过的隆隆巨响。

进入21世纪，特别是党的十八大以来的新时代，我们乘着光纤体验世界的光速变迁，网络文学全面崛起，读图时代、视频时代甚至元宇宙时代的更迭，令人应接不暇，文学创作无论是体裁还是题材都呈现出一种扇面散播效应，中短篇小说创作也再度呈扇面式生长，精彩纷呈。

为此，我们特编辑了这套“年轮典存丛书”，以点带面地梳理生于不同年代的当代优秀作家的中短篇小说精品，呈现不同代际作家年轮般的生长样态。

我们不无感佩地看到，生于1940年前后的文学前辈，青年时已是文坛旗手，在当下依然保持着丰沛的创作力，他们笔耕不辍，使当代文学大树的根扎得更深。

“50后”一代作家已走过一个甲子，笔力越发苍劲。他们不断返回一代人的成长现场，返回村镇故乡、市井街巷；上承“40后”的宏大命运主题，下接烟火漫卷的无边地气；既广受外国文学的影响，又保有中国古典文学的高蹈气质。

在“60后”这一中坚力量的年轮线上，我们能看到在城乡裂变、传统向现代过渡的进程中，一代人的身份确认、自我实现，以及精神成长的喜悦和焦虑。

“70后”作家因人生经验与改革开放四十年紧密相连而被称为“幸运的一代”和“夹缝中壮大的一代”，也是倍受前辈作家的成就影响而焦虑的一代。如今已与前辈并立潮头，表现不俗。

而作为“网生一代”的“80后”和“90后”，他们的写作得到更多赞誉的同时，也承受了更多挑剔和质疑。但经过岁月淘洗，我们欣喜地看到，曾经的文学小将已在文坛扎扎实实立稳脚跟，相继以立身之作进入而立和不惑之年。

六代作家七十年，接力写下人世间。宏阔进程中的21世纪中国当代文学，正在形成新的文学山峰的山脊线。短经典历久弥新，存文脉山高水长。

目　录

CONTENTS

大　象

一

挑这样的日子出门，无疑是好的。

出门之前，孙志刚喂了鸡，喂了狗，喂了猫，喂了花栗鼠，喂了鹅，还喂了那只越长越瘦的绿毛龟。艾绿珠也不过来帮忙，只一旁瑟瑟站着。她套了件深红对襟唐装，头上裹着方格子头巾，掌心时不时捂紧双唇，小心地哈着气。当孙志刚将一把烂白菜叶撒进鸡舍时，艾绿珠终于按捺不住了。她小声嘟囔道："磨蹭啥呢，真是现上花轿现扎耳朵眼儿……"

孙志刚直起腰，摸了摸身边溜达的狗，又把猫耳上的发卡重新系了系。狗是老狗，牙齿全掉光了，柔软糜烂的牙龈不时啃舔着他的手指；猫呢，正在发情，总爱把条黄丝绸蝴蝶发卡套在右边的耳朵上，在镜子前踱来踱去。当他们恋恋不舍地锁门时，艾绿珠突然尿急，她踉跄着冲进庭院，不假思索地往菜畦上一蹲……解决后她并未起身，而是不声不响盯着畦上的一簇蒲公英。蒲公英的锯齿形叶片上趴着蚜虫，细长秆顶着层层叠叠的花瓣，花瓣里栖着细腰马蜂。艾绿珠努了努嘴，半晌才喃喃问道：“孙志刚，孙志刚，难道……立春了？”

春早就立了，龙头早抬了，连清明的冥纸也早烧过了。孙志刚看着她边系裤腰带边狐疑地扫望着庭院。他大踏步走过去，把她拽出院子，咣当锁了门，她上了电动三轮车。艾绿珠也没挣扎。她平时最讨厌旁人不尊重她。不过，这一天她心情尚好，最起码表象上看来如此。这让孙志刚稍稍有些心安，他柔声对她说：“别急，我们这就要出发了。”当“出发”这两个字从他嘴里蹦出时，语气那么干脆、爽朗，让他自己都略略吃惊起来。

“你再等等，孙志刚，”艾绿珠慌张着说，“我忘了样东西。”她扫视着犄角旮旯，“我这脑袋……真成榆木疙瘩了……我是不是……真老了？”

艾绿珠开了锁急匆匆进家，旋而急匆匆颠跑出来，手里拎着只玩具大象。她乜斜着孙志刚，手忙脚乱地把大象塞进书包。大象太大了，粉红的长鼻子就从书包口支棱出来。艾绿珠抚摸着大象鼻子，佯装无事地瞥孙志刚一眼，说：“还傻愣着干啥？走啊。快走啊。”

孙志刚没听她唠叨。这些日子以来，孙志刚早习惯对女人莫名的絮叨保持沉默。这和他以前的作风倒是迥异。他曾经喝醉之后，把只穿着内裤的女人关在门外半个多时辰。那可是腊七腊八，风能沁骨入肺的。艾绿珠赤着脚，双手捂着乳房在门外小声啜泣，间或拼命蹦跶两下，将青石板踏得嘭嘭响。

“栗子少了一袋！”等三轮车发动起来时，艾绿珠有些惊慌地说，“栗子怎么少了一袋呢？天哪，这可怎么办？这可怎么办呢？”

孙志刚只得把三轮车停下，进了车篷跟她点货。他们总共拉了四袋小米、四袋栗子、四袋红薯。小米是艾绿珠姐姐送的，栗子是孙志刚嫂子给的，红薯是从集市买的。前几日，他们俩蹲厢房里，用秤约了又约，把小米、栗子和红薯分成了四份，小心地倒进麻袋，用粗绳扎好口。

“少就少吧，”孙志刚皱着眉头说，“多一份跟少一份，有啥区别呢。”

“那怎么行？少给谁一份我心里都不踏实，”艾绿珠说，“我再去找个破麻袋，把这三份匀成四份。”说完她便迫不及待地跳下三轮车。孙志刚只得站屋檐下，默默点上烟，大口大口地吸食。后来他索性蹲下，背靠墙壁盯着葳蕤的野菜、洞穴里的蚂蚁、叫不上名的大眼昆虫以及晃来晃去的阳光。再后来，当他不经意扭头时，在石头上看到几行字。字是用白粉笔写的，或许年限长了，已然被雨雪风霜洗刷得模糊难辨。他好奇地歪着头，仔细辨认着：

不相交的两条直线叫平行线。

三角形的一个外角等于和它不相邻的两个内角之和。

天使也曾美丽过。

他用手来回蹭那几行字，一个字一个字地蹭。当艾绿珠找回麻袋将栗子分好，小声吆喝着他的大名时，他的手指还颤抖着停驻在“美丽”那两个字上。手指肚一点儿感觉不到石头的凉，相反，他粗糙的、被劣质香烟熏得焦黄的手指肚，仿佛正在触摸一颗温热的、娇嫩的心脏。

二

劳晨刚跳下长途汽车，挑衅似的搜寻着男人。这个男人在将近十个小时的旅途中，一直坐在她左侧。起初她没留意他。对这种眼睛浮肿、皮鞋裂口的中年人，劳晨刚很少接触。应该说，在她有限的记忆中，她从没有和中年男人正式打过交道。开始还相安无事，男人似乎饿了，他撕扯着一只德州扒鸡，同时扬起满是皱纹的细长脖颈，小口抿着二锅头。其间他很有礼貌地询问劳晨刚：“姑娘，要不要吃点儿？”边问边把鸡腿犹豫着塞给她。她朝他摇摇头，为了表示感谢，她从兜里掏出几张餐巾纸，轻轻递到他手边。

后半夜，劳晨刚终于迷糊住了。其实睡得也不沉，她不是那种一挨枕头就做梦的孩子。当那双手颤抖着抚摸她的大腿时，她哆嗦了下，不假思索地将那人的手拨拉开。她动作果断，丝毫不拖泥带水，这反而激起了男人的欲望。他突然伸出双手，一只紧紧攥住她的左腕，另一只则轻佻地摸了摸她丰满的乳房。一股鸡皮味飘浮着，劳晨刚骤然间动也不敢动了。车厢里灯光昏仄，旅客们在汽车颠簸的行驶中睡得格外沉迷。有那么片刻，劳晨刚觉得自己简直快要窒息过去。她脸憋得通红，牙齿死死咬住下唇。男人嘿嘿地轻笑两声，方才将手坦然撤回。劳晨刚松口气，摸索着将背包带解开。男人似乎也就这么点儿兴致，再没旁的举动。也许，醉鬼总是在神志不清时不知不觉变成色鬼。尽管如此，劳晨刚也不敢正眼瞅他。她只记得他头发稀疏，脑门儿油亮，手指缝里满是泥土。还好，他人香甜的睡眠总是有种神秘的催眠作用，劳晨刚在旅客均匀的呼吸声中放松了警惕，扒着前座断断续续睡了。

男人凄厉的叫声是凌晨响起的。他尖锐的外地口音让旅客们从睡梦中不约而同苏醒过来。他们伸长脖颈，好奇地打量着四周，却没有发现任何异常，他们只好拉开车厢窗帘，望着平原上一闪而逝、成片成片的梨花，同时小声地、琐碎地交谈着。他们交谈的内容宽泛而缺乏主题，往往是一个人勉强开了头，另外一个人支支吾吾接茬后就难以为继，只得再次沉默下去。当然，他们的话题无非是围绕着这座即将到达的城市展开。譬如地震，这座城市三十多年前发生过20世纪全球最惨烈的地震，政府公布的数据是7.8级。在这次地震中，二十四万人死于睡梦中，他们赤裸的身躯被钢筋水泥压成馅饼或皮影。譬如石油，报纸上报道说，在这座城市的东部海湾地区，勘探到大量石油。大量是多大？储量足以抵得上两个大庆油田，这里俨然已成了全国最火的投资热点……除此之外，这座曾经以地震和死亡著称的城市，还有什么诱人的谈资？

劳晨刚掏出包餐巾纸，将刀刃上的血珠轻轻拭掉。长这么大，她从没伤害过别人，她从来没想到过，某天清晨，她会用一把瑞士军刀敏捷地割破一个男人的手指。说实话，在她十五年的生命中，她一直刻意远离小刀、订书钉、铁钉、图钉这些东西。其实呢，她喜欢那些金属铸造、精致划一、金光闪闪的小玩意儿，她喜欢小玩意儿中规中矩的造型以及散发出的温暖气味。金属的气味和血液的气味如此相近，这让她倍感亲切。

她稍稍有点儿后悔，刚才没把MP4及时打开，将男人的叫声录下来。不过，在剩余的短暂旅程中，这个男人肯定再也不敢把手掌伸向她丰腴的身体了。她做了个简单的深呼吸，然后轻蔑地朝男人看了看。他正将纸巾一圈一圈缠住手指，脸上是副忧郁、忐忑，甚至绝望的神情。他有什么好绝望的？劳晨刚倒有点儿可怜这个男人了。灯光下，男人眼袋幽暗，仿佛随时会睡着或者死掉，他衣服也不干净，上衣前襟沾染着油点和莫名其妙的白斑。他年龄应该和……父亲差不多。

男人并没紧随劳晨刚下车。他肯定怕了这个随身携带瑞士军刀的女孩儿。劳晨刚有点儿骄傲，她将军刀塞进背包，环视着陌生的长途汽车站。天已大亮，苏澈还没有来。她暂时不需要苏澈的帮忙。现在的关键问题是，要不要给母亲打个电话？

母亲快把她的手机打爆了，她愣是没接。她知道母亲一定急疯了。母亲素来是个没有主意的人。离家之前，她给母亲留了张字条，说出去办点儿“正事”，事成之后立即回家，不要惦念。她还记得自己出门时，将防盗门的明锁和暗锁仔细旋转了两圈儿，之后她打车去了汽车站。在长途汽车站，她碰到了小学同桌。不过他肯定不认识她了，当然，她也只是从他脸上的那块黑色胎记认出了他。他个子高挑，弯着腰在候车大厅不停地喝一瓶矿泉水。当他目光扫射到她时，并没有哪怕片刻停留。这让她隐约有点儿失望。她的相貌和小时候并没多大区别，留着老式蘑菇头，眼睛大大的，蒜头鼻的两侧点着几粒雀斑，不过，她的体重却是那时候的几倍。

几倍是什么概念？她当时看着那个喝水的男孩儿，摸了摸自己唇上浓浓的小胡子。

她跟苏澈约的是八点。八点钟，他准时来接她，然后，陪她做些她想做的事。那么，在和他见面之前，她最好先吃点儿东西。她在车上连口面包都没吃。她现在就想喝上一大杯甜牛奶，吃上块松软芳香的面包或蛋糕。她喜欢甜的、绵软的、闻起来有蜂蜜味道的食物。她现在胖得像头发育中的棕熊，可仍不能阻止自己对甜食和热量的热爱。这一点，她觉得跟明净姐一点儿不一样。明净姐喜欢喝稀粥吃咸菜，明净姐也胖，但是胖得好看。

在站前饭馆，劳晨刚吃了碗打卤面。吃完后，她看到墙角有只老鼠耐心地啃着酒瓶。老鼠很肥，牙齿机械地咬着酒瓶脖颈，两只前爪妄图将酒瓶抓得更牢固。她打开 MP4，蹑手蹑脚地搁置到老鼠正上方：

咯吱……咯吱……咯吱……

咯吱……咯吱……咯吱……

老鼠跑了，劳晨刚将它咬酒瓶的声音来来回回放着。她希望能在这种奇怪的、有点儿轻快的声音当中，早早看到那个叫苏澈的大学生。

三

这么多年来，孙志刚很少有机会去市里。不是不想去，或者去不了，而是没有去的理由。第一次是1983级太原兵聚会，老班长把电话打到他家，通知他礼拜天去海鲜城。那时他尚在加油站上班，每天值夜班，打着手电筒给往来的拖拉机、农用三轮车和卡车加油，并将白手套作为赠品塞到司机手中。他为那次聚会提前倒了班，为了更体面些，艾绿珠还专门跑到供销商场给他买了套“报喜鸟”西服。西服很便宜，款式也老，可穿在孙志刚身上仍挺拔漂亮。该下班时，经理让他抽空到空油罐里瞅一眼，说怀疑罐底漏油。他整个人蹲蹴在黑漆漆的油罐里，拿着手电来回晃荡。晃着晃着他忽然听到一声清脆的爆响，接着，整个人就深陷一片红色火焰中……还好，他被烧伤的面积不是很大，只是日后胳膊上爬了条面目狰狞的蜈蚣。谁能料到他裤兜里的简易打火机会爆炸？谁能想到空油罐里还有没挥发完的汽油？孙志刚想，这就是命吧？第二次战友聚会时，他已从石油公司买断离岗，开了家自行车修理铺，闲了就坐了马扎，闷闷地抽袋旱烟。对于是否参加这次战友聚会他多少有些踌躇。那些战友在市里混得有头有脸，老班长已是全市最大的出租车公司副总，整天开辆奔驰游山玩水。那是他多年来第一次感觉到自己的卑微，没了体面的工作，终日灰头土脸，连烟都是一块五一包的“北戴河”。不过，艾绿珠倒赞同他出去转转。她安慰他说：“有啥见不起人的？修自行车也不比别人低等，老爷们儿只要腰板挺直了，没啥好怕的。”她在小学当语文老师，平时喜欢读点儿唐诗宋词，说话还是有水平的。可孙志刚才坐上公共汽车，艾绿珠电话就追过来了。她咋咋呼呼地说，女儿不小心被水果刀割破手指，贴了创可贴，可还是血流不止。那是他第一次体验到“血流不止”是什么意思。那年女儿十二岁。

这次是他第三次要去市里。关于这次出门，他酝酿了许久。他觉得，在这个桃红柳绿的春天，必须要出趟门了。到了他这年岁，想一件事跟做一件事，总是有点儿差头的，主要是身板不如年轻时壮，心气不如年轻时高，到动真格的时候，那口气很自然就泄了。而这事对他来讲很重要。要知道，到了他这年岁，能有所谓重要的事，无疑也是种福分。

谁料到，孙志刚和艾绿珠尚未出桃源镇就碰到熟人。说是熟人，其实是五服内的亲戚。这亲戚叫赵广元，是孙志刚表舅的长子，每逢过年过节，总要在酒桌上喝两盅的。孙志刚停了三轮车，扯着嗓子喊：“我说连弟啊，你这是去哪儿啊？捎你一程？”

赵广元眼睛有点儿散光，他将瞳孔几乎贴到孙志刚鼻子上，才知道遇到连兄。他机警地朝车篷里张了张，方才小声说道："我要去市里。"

"去市里干啥？"

"告状啊，"赵广元梗着脖子说，"我要去信访局告状。"

关于这位连弟的事，孙志刚倒拉拉杂杂听说过些。他从黑龙江娶了个老婆，老婆长得好，只是有点儿好吃懒做。过了三两年，在市里上班的邻居把她介绍到酒店工作。说是工作，无非是去坐台。赵广元怕被庄里人笑话，老话讲得好，"宁可光棍打三年，不可绿帽戴一夜"，何况这女人是夜夜给他戴，日日给他戴。他索性跟女人离了婚，离婚后没埋怨老婆，对邻居倒恨得牙根痒痒，趁黑夜一把火点了人家房子。人没烧死，只把一头怀孕的花母牛吓得流产。邻居趁机打断了他一条胳膊，一分钱医药费也没出。他去镇里告，镇里人说，人家一头小牛崽，比你这条胳膊还值钱！又去县里告，可惜，保安连大门都没让他进。

"我们正好去市里，顺路，一块儿拉着你吧！"孙志刚下了车，二话没说把赵广元抱上车斗。

赵广元见了艾绿珠，忙说："嫂子也在啊？你们两口子这是干啥去啊？"

艾绿珠咧嘴笑了笑说："我们……没啥正经事，听说……市里的花都开了，去看看，去看看。"

赵广元说："唉，你们是该出去散光散光了，老是家里闷着，迟早会疯的。"

艾绿珠不说话。

赵广元又说："也有小半年了吧？"

艾绿珠半晌说："四个月零十天。"

赵广元说："我那阵儿忙着离婚打官司，也没空去瞅你们。"

艾绿珠垂头说："家家有本经，自家的经念好了，少让亲戚操心，就对得起大伙儿了。"

赵广元说："听说闺女没回来？留那儿了？"

艾绿珠看了看赵广元，赵广元也看了看艾绿珠。两个人谁都没再吭声。

路上的风硬得很，不过，却是暖的，吹得头皮酥痒；太阳也好，晒得眼皮饱胀；杨树叶子呢，油亮发黑；柳树枝子能拧笛了；麦子呢，拔了三指高；田野到处弥漫着牛粪、苜蓿和野花的味儿。孙志刚隔着玻璃窗大声问赵广元："我说连弟啊，麦子灌浆了没？"

赵广元没回话，他鼠头鼠脑地上上下下打量着艾绿珠，突然说道："你们再抱个嘛。"

艾绿珠只用手来回拧着大象鼻子。这是只用水红绒缝的大象。

赵广元讨好似的出主意："嫂子，你们真可以再抱养个。改天我十里八村地踅摸踅摸，看谁家有了私生的，抱过来给你们养。你们虽镇上住着，却没我们庄稼人活泛。"

艾绿珠郑重地把大象鼻子塞进书包，这才磨磨蹭蹭道：“你连个老婆都没有，还替我们着想，真难为你了……不过，我好歹还有个熄灯说话的人，哪天腿一伸走了，还有人料理后事……你呢，还是自己抱一个吧……等着日后好养老送终。”

赵广元便知自己说了不该说的话。不过，艾绿珠这席话，倒真触到他伤心处。他哑然片刻后，突然号啕大哭起来。他个子那么矮，声音却异样洪亮。他佝偻的脊梁哀伤地起伏着，伴随着大声的咳嗽，将眼泪和鼻涕抹得到处都是。艾绿珠掏出条手绢揣他手心里，安慰他说：“你还年轻，家里又有三间宽敞的大瓦房，还怕娶不到称心如意的老婆？”赵广元仍抽噎着，连一句话都懒得说了。艾绿珠就去看孙志刚。孙志刚没听到他们叔嫂间的对话，仍有板有眼地开着三轮车。他真以为自己是个司机了，腰板拔得像扇门板。

麻烦事刚进市郊就来了。交警在十字路口拦住了孙志刚。其实不是人家拦他，交警本来查前面那辆广本的养路费，检查完就走了，孙志刚呢，以为肯定自己也没跑，心里头长草——荒（慌）了，三轮车停在那里动也不敢动。他这一停，后面的车辆只得跟着停。交警蹙着眉走过来，有一搭无一搭地说：“喂，把运营证和驾驶本给我看看。”

孙志刚想想说：“我没运营证，我不是跑运输的，只是拉着家里人串个门。”交警看了看车篷问：“那矮个儿是谁？”

孙志刚说："是我兄弟。"交警问："那女人是谁？"孙志刚忙说："是我老婆。"交警摇摇头笑着问："那是你弟？肯定不是一个妈生的吧？"又瞄了两眼艾绿珠问："那是你老婆？不是你年纪人（母亲）？"孙志刚赔笑道："我是老实人，从来不说假话，我这辈子，最痛恨的就是说假话的人，这矮子，真是我兄弟，这女人，真是我老婆。"交警清了清嗓子说："就当他是你弟、她是你老婆好了，把驾驶本给我瞧瞧。"孙志刚支吾着说："驾驶本？没带啊。"交警说："没带好办，交罚款吧。"

孙志刚说："我身上没带钱。"

交警说："没带钱更好办，把这三轮车扣下就成。"

孙志刚是真没带多少钱。他们两口子要是手头儿宽裕，也不至于借了王屠户的三轮车来市里。

艾绿珠这时从三轮车上款款地迈了下来。她把头上的方格头巾撸掉了，满头的白发格外显眼。她缓缓地问交警："你刚才说啥？谁是谁妈？"交警一愣，说："我什么都没说啊！"

艾绿珠说："你没说，我咋听到了呢？我耳朵又不聋，亏你还是个警察，有你这么说话的吗？"她并没去看交警，而是眼神涣散地巡睃着来往的人群，她说话的语气也慵懒，仿佛说这些话着实费了不少气力。交警不理她的茬，只是说："赶快交钱，别他妈穷磨叽了！"艾绿珠迟疑着问："你，你骂人？”交警说：“我没骂啊，怎么，你们无证驾驶还有理了？”艾绿珠仍语气慵懒：“我们就算是无证驾驶，你也不能骂人啊，对吧？”

后面的车堵得越来越多，不少司机把车熄了，凑过来看热闹。交警无疑很上火，他一把拽过艾绿珠，将她扨到马路牙子上。他本来个子魁梧，艾绿珠纤细，看上去就像是他轻而易举将她悬空拎过去一般。艾绿珠惊慌失措地嚷道：“你这是干啥呢？你这是干啥呢？我们又没干违法的事！我可是人民教师呢！你撒了我！撒了我！”

孙志刚连忙去扶艾绿珠，同时大声地问交警：“你这个同志……怎么能这样呢？”交警冷冷地说：“我什么样了？嗯？我什么样了？”边说边去揪孙志刚衣领。孙志刚不比他瘦弱多少，见他动手，也毫不示弱地去抻他衣领。俩人眼看就要撕扯到一块儿。交警忙掏出手机给同事打电话，说：“这里有无证驾驶的！不但不交罚款还蓄意滋事。”孙志刚一听，赶紧松了手，他懂得好汉不吃眼前亏的道理，他们是来市里办事的，可不是来市里闹事的。他说：“大兄弟啊，你消消气，我们是从镇上来的，没见过市面，也不懂规矩，你大人有大量，饶了我们吧。”说完他扒住艾绿珠耳朵嘀咕句什么。艾绿珠白着脸说：“不行！不行！”孙志刚又嘀咕几句，艾绿珠才噘嘴走开，不一会儿扛着个麻袋过来，扔在交警脚边。孙志刚瓮声瓮气地说：“同志啊，我们是真没钱，要是有钱，我们何必费这个口舌？我们只有这么点儿栗子，您行行好，就当是罚款收了吧。”

交警铁青着脸摆着手说：“快走吧！快走吧！别在这儿添堵了！你们这号人，不老老实实家里待着，出来乱跑个鸟！”

孙志刚蹑着马路牙子闷闷地开着三轮车。艾绿珠还在车篷里唠叨，她说这么一大袋栗子转眼就没了，还给了这么个不懂礼貌的人，连镇上的小学生都不如，还市里人呢！说完她又去看赵广元。赵广元刚才在车上吓得直哆嗦，连个屁都不敢放，叫艾绿珠很是瞧不起。倔劲就冒上来了，说：“连弟啊，我们马上快到报社了，你该上哪儿上哪儿吧。”赵广元讪讪地说：“我也不知道信访局在哪儿，不如我先陪你们去报社？你们去报社干啥呢？你们不是去公园看樱花吗？”艾绿珠乜斜他一眼，不紧不慢地说：“我们干啥都跟你没关系，刚才我们差点儿挨打，你咋不上手呢？”赵广元说：“嫂子，你瞧瞧，你瞧瞧，就我这小身坯，哪里近得了人跟前啊！”艾绿珠哼了声，不再搭理他，又开始唠叨起那一麻袋栗子。

孙志刚也心疼那一麻袋栗子。不过他更担心的是，怎样才能在到报社之前避免再次挨罚，而找到报社后，如何才能找到那个叫李文的记者。

四

苏澈来得不是很及时，晚了半个多小时。劳晨刚发现他跟视频里的模样一点儿都不像。视频里他有点儿瘦，单眼皮，头发粗短，可本人看上去是方脸，眼皮有点儿肿胀，看不出是单是双，头发油腻，明显是个懒散的大学生。他见到劳晨刚也有点儿惊讶，这姑娘长得太壮了，简直像个女相扑运动员。他们彼此简单地打了招呼，又彼此端详一番。

苏澈是本地人，读大学二年级。在公共汽车上，他不失时机地给劳晨刚介绍这座城市的历史，好像只有这样，才能消除初次见面带来的陌生感。不过劳晨刚并不感兴趣，这是座震后重建的城市，没什么高楼大厦，只是街道很整洁，马路很宽敞，店铺很兴旺。她关心的是，苏澈能否顺利地帮她找到康保民？

按照劳晨刚掌握的信息，康保民住在龙泽路和北新道的交叉口，那里有一片居民楼，是震后第一批盖的，以前住的大多是开滦煤矿的职工，不过现在差不多都搬走了，房子大多往外出租，住在那里的大多是外地打工人员。而这些打工的又以安徽人居多，他们在这座城市，以卖正宗的安徽板面和倒卖昂贵的南方水果闻名。

“他开了家小吃部，据说生意还不错，”劳晨刚对苏澈说，“他现在有两个儿子，一个十四岁，一个九岁，”她低着头说，“当然，如果算上净姐，他们有三个孩子。”

“你放心好了，”苏澈说，“就是他藏在石头缝里，我们也能把他抠出来。”

不过，康保民没藏进石头缝，他们俩也没能把他找出来。当他们到了龙泽路，才发现小区已经变成废墟，十几栋居民楼都已爆破，百十号工人抡锤砸着钢筋水泥，推土机轰隆隆地将地面震得直颤，还有批人拿着图纸，指手画脚议论着什么。他们的头就有点儿大了，过去一打听，才晓得小区居民早在一个月之前就全部搬迁，这里马上要建设成全市最高档的住宅小区。至于那些原来的居民去了哪里，他们也不清楚，大多是租房子的小商贩，跟耗子搬家似的，倒腾到哪个洞都有可能。“这就没辙了，”苏澈耸耸肩膀说，“你最好先给孙明净打个电话，看看她是否知道点儿信息。”

“她家电话撤了，”劳晨刚垂着眼睑说，“每次打的时候，都说没这个号。”

“她自己没手机？”

“以前有，”劳晨刚叹息着说，“不过，现在注销了。”

“那她父母的号码呢？”苏澈皱着眉头说，“她父母的号码你总该知道吧？”

“对不起，”劳晨刚诺诺地说，“我没有她父母的号码。”

“你真是的，”苏澈说，“你们多久没联系了？”

“我也说不好，反正挺长时间了，”劳晨刚说，“你也知道，这半年来我是怎么过来的，”她用牙齿不停地咬着手指，“有时候……我感觉……我好像活了好几辈子了。”

苏澈盯着这个十五岁的女孩儿，半晌才说：“即便我们找到康保民又有什么用？我们找到他，依然找不到孙明净。”

“我知道净姐家住哪儿，”劳晨刚说，“她家在桃源县桃源镇文明路 132 号，平房，院子里养着一只猫、一条狗、一只花栗鼠，如果我送她的那只绿毛龟还活着，应该都三岁了。”

苏澈说：“你累不累？”

劳晨刚说：“我现在要是躺在席梦思上就好了。”

苏澈说：“你饿不饿？”

劳晨刚说：“我现在能吃进一桶冰激凌，或者六个鸡腿汉堡。”

苏澈说：“你都这么胖了，以后少吃点儿。”

劳晨刚说：“我觉得，女的胖点儿，其实挺漂亮的。”

苏澈说：“孙明净是不是比你还胖？”

劳晨刚说：“她的绰号叫‘大象’。”

苏澈问：“哦？她是不是特别喜欢大象？”

劳晨刚说：“她说从小到大，总共有十六只大象玩具，有塑料大象，橡皮泥大象，绒布大象，积木大象，电动大象，嗯，还有大象水枪，”她忍不住莞尔笑了，“不过我认识她的时候，她真的跟大象那么胖了，你知道，”她垂下眼睑，“长年累月吃激素，都这样。”

苏澈说：“那我就请你去吃冰激凌吧，你想吃两桶也行，只要你能吃得下去。”

苏澈当然没请劳晨刚吃两桶冰激凌，他身上总共有五十块钱，他只好请她到工地旁边的一个小卖部吃了块雪糕。又给她买了个大桶方便面，用热水沏了，看着她狼吞虎咽地吃。她好像真的饿极了，方便面几乎两口就没了，而且连汤水都不剩一滴。她一边吃还不忘掏出 MP4，将打夯机咕咚咕咚的声音录下来。

“喂，你录这干吗？你是不是好几年没吃东西了。”

“是啊？你怎么知道？”劳晨刚很严肃地说，“我每天都靠梦想和空气维持生命。”

苏澈啧啧两声说：“你们这个年龄的女孩儿，是不是都跟你一样矫情？”

劳晨刚撇撇嘴说：“矫情有什么不好？说明我们纯洁。”

苏澈说：“孙明净呢？”

劳晨刚说：“净姐不矫情，她可是个有思想的人。”

苏澈说：“比你还深刻？”

劳晨刚说：“那当然，跟康德差不多。”

苏澈说：“挺恐怖的。”

劳晨刚说：“她聪明绝顶，两年没上学，却考上了重点高中。”

苏澈说：“女孩儿要是太聪明，又太美丽，很容易得你们这号病。”

劳晨刚说：“谢谢你夸我。”

苏澈又给劳晨刚买了个方便面。他说：“我最讨厌吃方便面，感觉像猪食。我喜欢吃板面。”他突然想起什么似的朝小卖部的人问：“你们这里以前有好多卖板面的安徽人吧？”

“那可不，”小卖部的人说，“这一片有七八家呢，家家都火得很。”

“你在这里待多久了？”

“三十年也有了。”

苏澈的眼睛亮了亮：“你认识一个叫康保民的安徽人吗？”

“咋不认识呢，他的店生意挺好。他老往汤里放罂粟壳，客人都上瘾。”

“那他现在去哪里了？”苏澈给那人讨好似的点支烟，“您知道吗？”

“怎么不知道！他们全家都搬到开发区了。那里不是有个全市最大的废旧物资收购站吗？他在那里打工。”

苏澈朝劳晨刚眨眨眼说：“‘玻璃公主’，我们出发吧！”

五

孙志刚艾绿珠他们很顺利地就到了报社。他们在半路上再也没遇到警察或旁的麻烦。道路两旁全是开疯了的西府海棠，鼻翼里飞着花粉细弱的颗粒，孙志刚忍不住重重地打了个喷嚏，当他掏出手绢擦完鼻涕，抬头间就发现了路旁那个硕大陈旧的牌子。他有些惊喜地大声招呼着车上的人，不一会儿，艾绿珠跟赵广元从电动三轮车上鱼贯跳出。艾绿珠冷静地环顾四周后，把她的方格头巾郑重其事地系好，掸了掸身上的灰尘，紧了紧裤腰带，又弯腰用团手纸擦了擦黑皮鞋。当她直起腰身再次东张西望时，有只蜜蜂嗡嘤着飞过，不知怎么着就撞到脸上，艾绿珠手忙脚乱地逮住，手指肚夹着细细观瞧一番，后来，她噘着嘴巴吹了吹蜜蜂的花翅膀，喃喃自语道："这才有个春天的样儿，这才有个春天的样儿啊。"说完她瞅了瞅孙志刚。

春天该是什么样儿？什么样儿才是春天？孙志刚不清楚，他只得含混地点点头，表示对艾绿珠的感慨颇为赞同。多年来，他已经习惯了对艾绿珠的高谈阔论保持沉默。

艾绿珠将近四个月没出过家门了。这漫长的一百二十来天，她除了卧室、厨房、厢房和厕所，再也没有迈出过庭院的铁门。那些时日，她仿佛是一只冬眠的蟾蜍，在自己冰凉狭小的洞穴里栖居，即便偶有亲戚朋友来访，她也只是躺在炕上懒懒地愣神儿，似乎客人的光临和她没有丝毫牵扯。她唯一牵挂的是书房里那尊菩萨，每日清晨、晌午和黄昏，她都要燃上几炷香，庄严地跪在蒲团上念经，一念就是个把时辰。除了这件让她挂心的事，她连狗都懒得喂，猫也懒得抱，即便那只花栗鼠用牙齿啃着她的手指，她也不会去摸一把。大多时候，孙志刚披着碎雪从自行车修理铺回来，会惊讶地发现，炉火根本没点，屋子里冷冷清清的，厨房里灶火没开，案板上只有硬馒头，而艾绿珠坐在一团漆黑的房间里，默默念叨着什么。那册《金刚经》通常被她攥手里，半天也不翻上一页。那时孙志刚总隐隐担忧，怕她真得了什么病。

“我们把车停在这儿。”艾绿珠指挥着孙志刚将三轮车停在玻璃橱窗和绿化带的缝隙中，满有把握地说，“肯定不会违反交通规则，”她随手摘朵海棠，放鼻子下漫不经心嗅着，“我们先找警卫打听打听，看李文有没有上班。他们跑新闻的，屁股下都安着弹簧，”又低头对赵广元说：“广元啊广元，你忙你的去吧，你不是急着上访吗？”

赵广元诺诺地说：“嫂子，我那点儿尿事，不急，不急，先陪你们，陪你们。”

艾绿珠沉吟了片刻说：“你……是不是……不敢自个儿去了？”

赵广元白着脸说："嫂子你把我看成啥人了？我可不是没脓血的人。谁要惹了我，我可敢一把火烧了他全家！"说完用眼光去瞄孙志刚。孙志刚就说："可不是，广元不是好欺负的，是个正经老爷们儿，庄里人哪有不佩服的？"赵广元得意地朝艾绿珠撇了撇嘴，艾绿珠抹搭着眼睑说："说你脚小，你还就扶着墙走了。"孙志刚忙捅了捅艾绿珠，说："告状不是一时半会儿的事，那可是几年、几十年，甚至一辈子的事，广元，你要愿意在这儿待着，就在这儿待着吧。我跟你嫂子没钱，但有成把成把的时间，等我们正事办妥了，就送你去，免得你坐公共汽车，花那冤枉钱。"

艾绿珠不好再说什么，将车上的一袋栗子、一袋红薯和一袋小米背下来，吭哧吭哧地聚成一堆，"广元你先帮我看着，"她擤了擤鼻涕，手指在鞋帮上麻利地蹭了蹭，"我跟你哥去找李记者。"

在报社警卫室，孙志刚和艾绿珠找到了保安。这是两个满脸青春痘的男孩儿，正在玩弄手机。孙志刚递上香烟，小声问道："小兄弟，麻烦你们帮我找一下李记者。"

两个警卫头也不抬地问说："谁？"

孙志刚说："李文，李文，新闻部的李文。"

一个便对另外一个说："去去去，打电话问一下。"

另外一个说："凭什么我去打，你在这里大饱眼福啊？"

一个说："这些图片网上有的是，要是想看，待会儿我发你手机上。你手机有蓝牙没？”

另外一个才不情愿地去打电话。没说两句就挂了，伸手去抢同伴的手机，同时扭头对孙志刚说：“李文去遵化采访了，没在单位。”

孙志刚笑着问：“大兄弟，麻烦你帮忙问下他的手机号，好吗？”

刚打电话的小伙子说：“你改天再来吧。我们这里有制度，不能随便把手机号告诉陌生人。”

孙志刚忙说：“我跟他很熟。”

小伙子就不搭理他了。孙志刚说：“我给他带了些土特产。”

小伙子说：“先放传达室，写上他的名字。”

孙志刚就和艾绿珠把栗子、红薯和小米搬进传达室，在麻袋上歪歪斜斜地写上了李文的大名。刚写完孙志刚看到赵广元招呼自己，就小跑着过去。赵广元犹犹豫豫地说，他先不打算去信访局了，他想去看看李梅。

李梅就是他前妻。孙志刚问：“她都跟你离婚了，你还找她干啥？当初你们把人脑袋都打成狗脑袋了，你还把邻居的房子点了。”赵广元泪眼婆娑地说：“我，我想跟她……复婚。”孙志刚蹙着眉头说：“你当婚姻是儿戏，说结就结，说离就离啊？再说，你这么低三下四地去找她，她能瞧得起你吗？女人家，最看不起软脊梁骨的男人呢。”赵广元蹲在地上不吭声。孙志刚只好掐着他窄小的肩胛骨安慰说："不过呢，你要真想吃回头草，就吃吧。哥能理解你。晚上被窝里少了个暖脚的人，心里哪能踏实？不过，你千万别说软话，你要说明白话。知道什么叫明白话不？"赵广元连忙朝他连兄点点头，哽咽着说，离婚后他常梦到李梅，梦到她给他洗脚，梦到她在酒店被坏人欺负。他要不来救她，她就没活路了。他恨她恨得牙根痒痒，可总不能见死不救吧？他赵广元可是个有担当的男人。

孙志刚良久无语，去瞥艾绿珠，却看到艾绿珠正扒着警卫室窗户朝里张望，边张望边朝他不停摆手。孙志刚就狐疑着走过去，陪她一起朝窗子里观瞧。

原来那两个警卫正在吃孙志刚和艾绿珠的栗子，还将栗子皮吐得满地都是。两口子支棱着耳朵，听到一个对另外一个说："这栗子真是新鲜呢。"另外一个说："霜打过的栗子又甜又脆，你要是喜欢，我们干脆把这袋栗子分了，反正他们也不知道。"一个说："这傻 × 男人，连自己的名字都没写，即便给了李文，李文也不知道谁送的！"另外一个说："是啊，乡下来的，心眼儿都不齐全。"一个说："我很少吃坚果，这样吧，我要这袋小米，我妈最喜欢用红枣熬小米粥了，那袋红薯你就要了吧，我胃不好，这东西，又软又甜，可吃多了泛酸水。"

孙志刚和艾绿珠面面相觑。孙志刚皱着眉头思量，如何才能将几麻袋东西从传达室搬出来？既要不伤人脸面，自己又要得体。他尚在愣神儿犯嘀咕，艾绿珠已然冲进了警卫室。她浑身颤抖，死死盯住两个保安，一句话都不说。两个保安没料到她会突然闯进来，手里抓着的栗子不禁滚到地上。三个人就那样对峙着，后来艾绿珠终于说话了，她说："你们也是爹妈一把屎一把尿拉扯大的，怎么能这么没良心？嗯？你们的良心难道被狗吃了？嗯？"她语速缓慢，说的还是普通话，说到"良心"这两个字时，她像朗读课文一样使用了重音。她好像把这两个小伙子当成自己的学生了。两个保安你看看我我看看你，谁也没吭声。艾绿珠对这样的效果很是满意，她重新系了系头巾，然后弯腰把撒到地上的栗子一颗一颗地捡起，其中有两颗滚到床铺底下，她就随手从电视机上抄起根细竹竿，跪在地板上撅着屁股，赌气似的拨拉出来。当她发现孙志刚和赵广元在门口搓手站着时，便胳膊一挥，地主婆一般吼道："还傻愣着干啥，你们俩？难道你们缺了心眼儿，连脚也瘸了吗？快把栗子小米跟红薯统统给我运到车上去！"

六

苏澈虽说是本地人，却是个标准的"路盲"，连蒙带打听的，好不容易找到那个所谓全市最大的废旧物资收购站。这是一个庞大的收购站，占地方圆几公里，红色围墙上镶嵌着碎玻璃和铁丝网，门口两个站岗的也都穿着制服。

苏澈说："怎么感觉跟《越狱》里的狐狸河监狱似的。"

劳晨刚有些发愁地说："这个厂子人肯定挺多，找他肯定费劲儿。"

苏澈说："你别自己吓唬自己啊，我们不是还长了两张嘴吗？"

他们先去问站岗的，站岗的还算和气，说："你们去传达室问问吧。"传达室的门卫是个干瘪的老头儿，听他们说明来意后，就问："你们找的这个人，是国内的还是国外的？"苏澈有些诧异地问："怎么，还有外国人在你们这里当雇工？"老头儿笑着说："我们老板倒是想呢。是这样的，我们这里的废品，有从国内收购的，还有从国外收购的。你们要找的这个人，在哪个分厂呢？"苏澈就挠着头皮说："这个，这个……应该是国内的吧？"老头儿又问："是哪个车间的？"苏澈说："你们这里车间很多吗？"老头儿说："那当然，有三十二个车间呢，废纸车间，废钢、废铁车间，废硅胶车间，旧机组车间，废机油车间，电子件车间……"苏澈问："那你这里有职工花名册吗？"老头儿摇摇头说："我这里没有，劳资科应该有。"苏澈就说："那我们去劳资科问问吧。"老头儿又摇摇头说："不行不行！我们董事长说了，近日不许让闲杂人员进厂。”苏澈说：“我们不是闲杂人员啊，我是大学生，她是初中生。”老头儿一听脸色就变了，说：“那更不能让你们进了！快走快走！”苏澈说：“别介啊大爷，有话慢慢说，别赶我们走啊。我们也不容易，来这里找亲戚，亲戚家有人出了事……”他可怜兮兮地注视着老头儿，老头儿就叹口气说：“实话跟你说吧小伙子，我们董事长前几个月去参加全国人大会，会上提了建议，说国家应该保护富人，少上富人的税，结果前几天，几个北京大学的学生混进来，偷拍了不少车间工人的照片，发到网上，引起轩然大波，我们董事长很生气，说了，除了市长能进厂，连副市长都不行……”

苏澈和劳晨刚只得在工厂门口转悠。劳晨刚脸色苍白，不时咬下嘴唇。苏澈就问：“你累了？”劳晨刚低声说：“是啊，都快昏厥了。”苏澈商量着问：“要不这样，我们先找个旅馆，你好好休息休息，等下午我们再想别的办法？”劳晨刚一听就急了，说：“不成不成，我只是有点儿体虚，坐会儿就好了。我可不是睡在豌豆上的公主。”

苏澈说：“你平时也这样吗？‘玻璃公主’？”苏澈在网上跟劳晨刚聊天时，经常这样戏谑地叫她。

劳晨刚说：“是啊。是不是把你吓坏了，‘姜饼人’？”

苏澈问：“骨髓移植手术……做了也有半年了吧？”

劳晨刚淡淡地说：“其实恢复得挺好。”

苏澈说：“还输血吗？”

劳晨刚说：“前三个月，每星期输两袋，后来就光吃药。”

苏澈就沉默了。在他们见面后的半天里，他们两个一直喋喋不休地谈话，仿佛他们已经是认识多年的故友。其实，他们认识也只不过两个月。

“有办法了！”苏澈盯着劳晨刚说，“我有个表哥，在路北国税局当局长。”

劳晨刚说：“人家连副市长都不让进，何况一个局长。”

苏澈说：“不懂了吧？没听说过一句老话吗？山高皇帝远，县官不如现管。”

苏澈就联系他表兄。他表兄应得倒很爽快，问这人叫什么名，是哪里人，来工厂多长时间。苏澈一一告知，然后挂了手机，有些得意地问劳晨刚：“我是不是越来越聪明？”

劳晨刚说：“不是越来越聪明，是越来越贫。”

苏澈嘿嘿笑着说：“是啊，不像你，正处于忧伤的少女时期。”

劳晨刚说：“我有点儿讨厌你了。”

苏澈说：“我倒越来越喜欢你了。你越看越像《怪物史莱克》里的菲奥娜公主。”

劳晨刚说：“可惜，你怎么看怎么像法尔奎德公爵。”

他们还在斗嘴，苏澈表兄的电话就打过来了。他不仅告诉苏澈康保民的手机号码，还说康保民马上就会到工厂的传达室等候他。

“兵贵神速，”苏澈说，“‘玻璃公主’，你是不是很佩服我？”

“是啊，”劳晨刚说，“我还真没见过，男孩儿能把一双白匡威板鞋穿这么脏的。”

苏澈的鞋子再脏，还是比康保民的干净。这男人蓬头垢面，脚上的一双黄胶鞋满是汤子水子，还有数不清的纸屑碎泥沾在鞋帮上。看来这个习惯卖板面的安徽男人并不习惯在车间里挑选废旧纸壳。见到苏澈和劳晨刚，他满脸的疑惑提示着劳晨刚，他并不是个好对付的人。当然，她长这么大，很少有机会和成年男人交往。她父亲母亲在她七岁时就离婚了。

“康叔叔好，我叫劳晨刚，”劳晨刚有些羞涩地自我介绍着，同时伸出手去握康保民的手。康保民的手并不粗糙，只是油得很，很快就泥鳅一样滑出去。“你们找我有什么事情？”他来来回回看着他们俩，同时将烟雾从鼻孔里迫不及待地喷出来。

苏澈瞅了瞅劳晨刚，劳晨刚说：“我是你女儿的朋友。”康保民脸色就变了。劳晨刚继续说：“虽然你们好久没见了，可她还是你女儿吧？”康保民的头颅很快被烟雾笼罩住，他抽的烟极为呛人，劳晨刚忍不住咳嗽起来。传达室的老头儿就捅了下康保民说：“把烟掐了吧，瞧把孩子呛的。”康保民讪笑着猛吸一口，定定地凝望着屋顶。

“她现在需要做手术……”

“我走了！”康保民将香烟踩碎，头也没回就走了。劳晨刚和苏澈站在那里，不知道是否应该追过去。他们费了这么大的劲儿才找到他，而他却在不到一支烟的工夫就离开了。劳晨刚傻傻地站在那里，拿不准是否应该追出去。苏澈伸手拍了拍她肩膀。她的肩膀那么宽，那么厚，一点儿都不像个女孩儿。

七

孙志刚、艾绿珠还有孙志刚的连弟赵广元，到达光荣敬老院时，已经是正午时分。当然，从报社去敬老院的旅途中，艾绿珠不停唠叨着。她唠叨了交警，唠叨了保安，后来又唠叨了李文。她说：“李文是个多好的记者啊，那年去咱们家，也就是二十啷当岁吧？别看年轻，文章却写得老到，要不是他那篇妙笔生花的专访，我们闺女受的苦、受的罪怕是更多……”孙志刚从反光镜里窥到她渐渐沉默下去，他不晓得她是不是在流泪，他只是看到她温柔地摩挲着那只玩具大象的鼻子，后来，她干脆把大象从书包里拽出来，紧紧地抱在怀里，就像哺乳期的女人抱着——刚出生的婴儿。当她神情涣散地盯着孙志刚后背时，孙志刚心里哆嗦了一下。

女儿得病前，艾绿珠在镇上的小学当语文老师，她教的班级，考试成绩始终全年级第一。表面上看她矮瘦纤弱，蜡黄的脸庞让她像一个肺病患者，其实呢，她身上有种……孙志刚说不出来的味道。女儿得了再生障碍性贫血后，孙志刚在镇上继续修理自行车，她跟学校请了长假，独自带着闺女四处治病。她们几乎将中国的版图走遍了，天津、石家庄、上海、北京、武汉……每到一座陌生城市，艾绿珠都会寄张明信片回来，告诉孙志刚，她和女儿很好，吃得好，睡得好，医生好，护士好，病友好，治疗效果也好。2003 年“非典”期间，艾绿珠陪着女儿在地坛医院做入仓手术。他们都对这项据说是国际最先进的治疗方式，抱着一种赌博的心态：医生们决定把女儿放入一个狭窄的玻璃无菌室，将她血液里的白细胞统统杀死，然后，再往她的血液里注入兔子的细胞，让兔子的细胞在女儿体内形成新的造血功能。她们娘儿俩在北京一待就是三个月。她们很少给家里打电话，哪怕是一块钱，孙志刚也晓得艾绿珠都想掰成两半花。为了昂贵的入仓手术，他们把房子卖了，住在亲戚家闲置的平房里，房子卖了钱也不够，要不是李文记者的报道在社会上引起轰动，别说入仓手术，连每星期两次的 800cc 血，他们也是输不起的。那时的艾绿珠，偶尔打电话，总是慢条斯理地叮嘱孙志刚，吃饭一定要吃热饭，睡觉一定要睡热炕，如果修自行车的用打气筒，一定要额外多收五毛钱。

“我们以后再来看李文，”艾绿珠自言自语道，“我们总会找到他的。”

这次找张奎倒是容易。张奎住在凤凰区的敬老院。他们还没见过这么漂亮的敬老院，一水儿的北京平房掩映在高大的泡桐树中，泡桐树上悬挂着热烈而肥硕的花朵。在他们印象里，敬老院该是灰色的，飘着孤寡哀伤的气味。他们商量了半天，决定先找院长。院长很轻易就被他们找到了。她是个干练的胖女人，身穿鲜亮的套装，正在接受市电视台采访。他们在院长办公室门外足足等了半个小时。记者们走后，他们才怯怯地敲门进去。他们说，他们是从县里来的，他们来探望一个叫张奎的老人。

“你们是他什么人？”院长给他们每人倒了杯茶水，赵广元慌里慌张接时，不小心碰洒了水杯，茶水溅湿了院长的裙子。孙志刚慌忙地掏出手绢帮忙去擦。院长也没生气，连连摆手说：“不要紧，不要紧。”

“我们……我们……”孙志刚说，“我们是他远房亲戚。”

“我说呢，你们以前没怎么来过，”院长说，“我这就派人带你们去。”

带他们去的是个文静害羞的姑娘。她带领他们穿过一具具晒太阳的衰老身体，穿过一群群打扑克的老头儿老太太，穿过一丛丛绚烂的樱花树，终于见到了张奎。张奎刚拉了一裤子屎，弄得这里一块那里一块，有个中年女人正在拾掇。他连裤子也没穿，木乃伊般的大腿小腿全露在外面。对于这些来探访他的客人，他没有丝毫的热忱。他甚至没抬眼皮正眼瞧他们一眼。当那个文静的姑娘招呼他的名字时，他的耳朵才机警地动了一动，然后站立起来，漠然地盯着他们。那个中年妇女连忙大声叱喝着让他坐下，将一条脏被单紧紧裹住他下体。文静的姑娘脸颊通红地说："张大爷，你亲戚来看你了，你还认识他们吗？"

张奎左看看右看看，姑娘指着孙志刚细声细气地问："他是谁？"

张奎的眼皮动了动，响亮地喊道："爸爸！"

姑娘又指着艾绿珠问："她是谁？"

张奎想也没想地说："姥姥！"

姑娘摇了摇头，对孙志刚和艾绿珠说："老人得阿尔茨海默病两年了，大部分时间，除了摆弄他那些战争中得的奖章，就是骂人和睡觉。"

孙志刚什么都没说，他帮那个中年妇女将床单换了，地扫了，又将窗户打开，这才坐到张奎身边。他伸出手试探着摸了摸老人的脸，老人的脸上没有一块肉，他又摸了摸他干瘪的耳朵，他的耳朵上沾着大便，孙志刚用手纸擦掉，当他去摸老人的胳膊时，老人慌忙地躲开，缩到墙角假寐。艾绿珠就大声说："你别怕，我们是来看你的！我们还给你带了栗子和红薯呢！”她朝赵广元使了个眼色，赵广元连忙将那一麻袋栗子抱到床上，从里面捧出一大把，放到老人脚边，说：“吃吧吃吧，甜着哪！”张奎盯着栗子，突然咧嘴笑了笑，然后他将上嘴唇和下嘴唇撩开，摸了摸自己的牙龈。他连一颗牙齿都没有了。

艾绿珠有些失望地说：“他是真傻了。”

孙志刚说：“人老了，都这样。”

艾绿珠说：“他连牙都没了。”

孙志刚说：“我们家的那条老狗，不也这样。”

艾绿珠说：“他连头发都没了。”

孙志刚说：“等你到了他这个岁数，头发还不如他多。”

艾绿珠喃喃道：“我们即便来看他，又有什么用呢。”

孙志刚说：“他不知道我们看他。我们不是知道嘛。”

他们俩说着话，没料到老人蹑手蹑脚地蹭过来，摸着艾绿珠书包里支棱出的大象鼻子。刚开始只是小心地摸，后来就拼命地拽。等艾绿珠发现时，大象的半截身子快要被拽出来了。艾绿珠哆嗦着道：“撒手，撒手！快撒手！”老人听她这么一说，反倒攥得更紧。艾绿珠就去抓他的手。她没想到老人的手劲儿这么大，反正她是没法让他松手了。她只得看了看孙志刚。

孙志刚说：“老人要是喜欢，就给他吧。不就一个玩具吗？”

艾绿珠说："不行。"

孙志刚说："你别这样。"

艾绿珠说："我咋样了？"

孙志刚说："你咋这么小气呢？老人不糊涂的时候，每个月都给我们寄二百块钱。"

艾绿珠尖声道："我小气？我小气？你说我小气？"

孙志刚命令说："把大象给他。听到没？"

艾绿珠说："孙志刚你给我说清楚，我哪里小气了？我要是小气，能拉这么多栗子来看他吗？"

孙志刚伸手去抢大象，艾绿珠慌忙躲开。她这么一躲，张奎的身体便被她拽个趔趄。老人一愣，旋而哇啦哇啦号哭起来。通常，老人的哭泣会和婴儿的哭泣一样响亮。那个文静的姑娘连忙哄老人，随手塞他嘴里一粒太妃奶糖。孙志刚抬腿就踹了艾绿珠一脚。艾绿珠手扶着炕沿，正了正身子，瞥了孙志刚一眼，二话没说就出了屋子。赵广元在旁提醒："快追啊连兄，我嫂子跑了！"孙志刚没搭理他。他扶着窗台，看着艾绿珠很快就消失在茂密的树丛之中，他忍不住打了个哈欠，他感到疲惫至极。他闭上眼，温热的阳光岑寂地触摸着他的眼皮，耳畔传来清风拂动树冠的沙沙声。他想：人要是能一辈子这样站在屋檐下晒太阳，什么事都不用做，什么心都不用操，该多好。

八

下午两点半，康保民骑着自行车从工厂大门里晃晃悠悠出来。苏澈得意地打了个响指，说：“怎么样，守株待兔也能逮着猎物吧？”

他们俩打了辆三轮车，吩咐车夫跟着康保民。康保民骑车的速度很慢，或者说，他好像一边骑车一边想着什么心事。在十字路口遇到红灯时，他竟然径直骑了过去。幸好车辆少，也没有警察。苏澈突然道：“真看不出他是这么心狠的人，舍得把孩子送给别人！”劳晨刚说：“他们家穷。”苏澈说：“再穷也不能卖孩子啊。”劳晨刚沉默了会儿说：“阿姨他们对净姐特别好，为了给她治病，连房子都卖了。”苏澈问：“明净是什么时候知道自己不是亲生的？”

劳晨刚的脸在车篷里显得特别白，偶有阳光透过缝隙，跳跃着扫着她毛茸茸的汗毛，才让她整个人有些生气。她的体形一点儿都不像个发育中的女孩儿，如果不是她凝望着别人时，瞳孔里流露出的那股纯净的光，旁人定会以为她是个臃肿的妇女。

“生病后知道的。”劳晨刚说，“净姐做了次入仓手术，可惜失败了。阿姨他们就想给她做骨髓移植。而这个手术要想成功率高些，最好的办法，就是使用同胞兄妹的骨髓。”

“她养父母做出这个决定，肯定也下了不小的决心，”苏澈说，“这样的秘密，其实最好带进棺材里。”

“康保民跟他老婆去看过明净，”劳晨刚说，“净姐哭了好几天。”

“哦？他们见过面？”苏澈有些吃惊地问道，“那大人们之间，应该商量过捐骨髓的事？”

“是啊，”劳晨刚说，“当时康保民跟他老婆一口就答应了，他们有两个儿子，”她有些哽咽了，这让她说话的声音更苍老，“不过，后来他们就失踪了，阿姨找不到他们了。”

“失踪了？”

“电话打不通，住址也变了。”

苏澈盯着劳晨刚，半天才说：“那今天我们去的那个地址，是谁告诉你的？”

劳晨刚将头甩向车篷外，静静地说：“净姐。”

苏澈有些茫然地点了支香烟：“你的意思是说，他们搬家之后，其实把地址告诉过孙明净？”

“一点儿没错，康保民他们经常搬家，但是，明净一直没告诉阿姨。”

“她为什么这么做？”

“你知道，即便有人免费捐献骨髓，手术费也非常贵。”

“即便我们现在找到康保民，即便他们答应我们，又有什么用？”苏澈大声问道，“没有钱，孙明净的手术照样做不了，何况，你今天也看到康保民了，她是他亲生女儿，可他好像并不是她亲生父亲。”

“不管怎么着，”劳晨刚抬起头，一字一句地说，“总会有办法的。”

康保民的家离工厂不是一般遥远，都快到市郊了。那一片全是土著居民，房子全是震后盖的平房。不过，附近就是市师范学院，在这里租房子的大学生非常多。

苏澈问：“你给你妈打电话没？”

“没有，”劳晨刚说，“我不打电话，她只会干着急。我要是打了电话，她会疯的。我觉得从心理上讲，她还是个没成熟的孩子。”

“也是，”苏澈撇撇嘴说，“谁让你这么个小女孩儿，自己跑出一千里地。”

“我不是小女孩儿，”劳晨刚说，“我比你成熟。”

“是比我成熟，”苏澈说，“成熟到白日做梦。”

康保民推着自行车进了一个院子。他们俩也跟着下了三轮车，守在院子门口张望。院子和农家院没什么区别，堆着玉米秆，有几垄菠菜，墙角钻着几丛桑葚。当他们从麦秸垛边走过，突然有人懒洋洋地问道：“你们找谁？”他们这才发觉，有个男孩儿躺在麦秸垛上。劳晨刚说：“你是谁？你怎么跑到麦秸垛上面去了？”男孩儿说：“我是大弟啊，我在晒太阳。我们家好长时间没来客人了，你们是找我爸吗？

他刚下班回来。”劳晨刚说：“是啊。”男孩儿便从麦秸垛上出溜下来。他戴着副大大的墨镜，几乎将他整个脸部都遮住了。“我带你们去吧。”说完他顺手从地上划拉起一根拐杖，一点一点往前蹭。苏澈看看劳晨刚，劳晨刚小声地告诉他：“这是孙明净的弟弟，是个盲人。”苏澈便和劳晨刚跟在大弟后面走，还没进屋便听到康保民吼叫的声音。他说的是安徽话，他们一句都听不懂。大弟便说：“我爸跟我妈又打架了。”他的声音很冷静，似乎他早已经习惯了这样的吼叫声。劳晨刚问：“他们吵什么？”大弟说：“什么都吵，房子，钱，米面，孩子，他们如果不吵架，肯定会觉得活着没什么意思。”劳晨刚问：“他们在吵什么？”大弟安静地坐到门槛上，没有回答。劳晨刚走过去，拍拍他的头。大弟就说：“别打扰我，我正在听蜜蜂飞的声音。”

康保民和他老婆终于从屋内撕扯到屋外。康保民的老婆比康保民还要壮硕，康保民揪着她乱糟糟的头发，她则稳稳地抓着他的裤裆。两个人边撕扯边大声咒骂。当他们发现劳晨刚跟苏澈时，有些惊愕地互相松开手。康保民劈头盖脸地朝他们嚷：“你们来干什么？给我滚！滚出去！”康保民老婆愣了愣，然后也大声骂起来：“我们现在没钱！不是说好下半年还嘛！你们这些讨债鬼是不是要把人逼死！”

劳晨刚连忙说他们不是来要债的，他们是明净的朋友。康保民老婆紧张地问：“你们是谁？”苏澈就再次大声告诉她，他们是孙明净的朋友，他们费了九牛二虎之力才找到这里。“你们来这里干什么？”她拢了拢头发，惶恐地注视着他们，然后又去张望康保民。康保民这时倒安生起来，坐到马扎上抽着烟。“你们是不是又要我儿子捐骨髓？”她声音颤抖着问，“是不是？是不是?！”

劳晨刚注视着她点点头。康保民老婆突然呜呜地哭起来。她大声地嘀咕道：“我们把女儿送给他们的时候还好好的，又聪明又漂亮！什么毛病都没有！连场感冒都没得过！皮实得像耗子！是他们对她不好，她才得了病！得了病跟我们有什么关系！还要让我两个儿子捐骨髓！捐骨髓不是要人命嘛！我儿子要是再有个三长两短，我们还怎么过啊！康保民你过来！是不是你给那丫头打电话了？要不他们怎么能找到这里来！”

苏澈瞪大了眼睛看着劳晨刚，无疑他也没料到康保民老婆会说出这样的话。康保民什么都不说。他老婆就又吵道：“孙志刚他们两口子真不是东西！上次我就把他们赶走了，他们自己不敢来，这次还派了说客！真是不要脸！”她再次惶恐地来回巡睃着劳晨刚和苏澈，仿佛怕他们做出什么举动。后来她朝屋子里嚷道：“小弟，你出来！先别练了！”

叫“小弟”的男孩儿从屋里出来时，肩膀上还扛着一个杠铃。那个正规运动员才扛得动的杠铃，压在一个瘦弱男孩儿的肩上。他忐忑地看着他母亲说：“妈，你们吵你们的，我练我的。我没偷懒，真的没偷懒！”康保民老婆柔声说：“先别练了，坏人来了，到妈这里来。”说完她把男孩儿紧紧搂进怀里，警惕地看着劳晨刚说：“你们也看到了，我大儿子是瞎子，除了耳朵好使，啥正事都干不了；我小儿子是个天才，我打算着把他培养成举重运动员，将来要拿奥运会冠军的。你们非让他们去捐骨髓，天哪，捐完骨髓他们的身体就垮了！他们还有活路吗？我们还怎么活啊！”

劳晨刚不知道还能说些什么。她本来就不是一个擅长言辞的人。她也没生气，只是安静地凝望着这个有些疯狂的女人。女人一直喋喋不休地辩解着，她母牛一样混浊而庞大的眼睛里，流露出哀伤甚至恐惧的神情。劳晨刚听孙明净说过，她以前是省举重队的运动员，曾经拿过省运动会的举重冠军。退役后分配到毛巾厂上班，后来跟康保民到这里做生意。如今除了壮硕的身体，她什么都没有了。

“我们走吧，”苏澈拉拉劳晨刚的手说，“我们再不走，会被母狮子吃了。”

劳晨刚咬着嘴唇，她努力使自己保持镇定。她是被苏澈拽出康保民家的。当他们出来时，大弟紧跟着出来。他对他们说：“你们代我问姐姐好。我还记得小时候，她带我买过水果硬糖吃。她的病好了，让她一定来看我，好吗？”

劳晨刚摸了摸他的头发和耳朵，什么都没说。

“我们……接下来……做什么？”苏澈伸了个懒腰，“说实话，我还真没见过这样铁石心肠又愚昧的女人。毕竟是自己的亲生女儿。”

劳晨刚不吭声。苏澈就说：“我们去广场看看，那里的白玉兰全开了。等你玩儿够了，就去桃源镇找她。我知道你现在心里很难受，可是……”他没再说下去。

九

孙志刚慢慢地开着三轮车，眼睛扫视着马路两旁。他知道艾绿珠肯定走不远，她能走到哪里呢？那些遥远的路，几年来早就被她走尽了……她最后一次出远门，是带着女儿去安徽。女儿告诉他们，从网上看到条新闻，说安徽九华山脚下住着一位九十多岁的老中医，对治疗血液病有独家秘方。年前她就带着女儿坐火车去了，一住就是一个多月。她在电话里告诉孙志刚，那个地方很美，即便是冬天，竹子还是青翠青翠的。至于老中医开的方子，她轻描淡写地说：“只是比别的药方多了味紫檀。”她最后一次跟他通电话是一个下午，她让他赶快买张飞机票过来，女儿正在去医院的途中。她说话的速度很慢，只是口齿不甚清晰。那是孙志刚第一次坐飞机，他托一个在北京的远房亲戚买了张机票，然后打车去了北京。这是他有生以来最奢侈的一次旅程。在飞机上，他的脑袋一直神经质地抖，后来一位漂亮的空姐走过来，问他是不是有点儿冷，要是冷的话，她可以给他拿一条厚毛毯。他摆摆手，空姐又关切地问："你是不是不舒服？"他恍惚着指了指自己的心脏，什么话都没说。他不是不想说，而是真的说不出来。

到达那个群山环绕的小镇时，已经是凌晨四点半。艾绿珠在旅馆门口等候着他。她脸上没有任何表情地说，女儿昨天下午一点半就去世了。她给他打电话的时候，其实是去殡仪馆的途中……他颤抖着问："是怎么回事？"艾绿珠说："女儿发烧两三天了，却拒绝输血。女儿说，她跟老中医打了三个赌，她要看看这一次是否能赢，她说，她的运气一直很好……"那天下午，艾绿珠带着他去殡仪馆看女儿。女儿躺在一个透明的玻璃柜里，闭着眼，嘴里结着冰碴。他很想抱抱女儿，像平时输液那样，将她柔软的头部倚靠到自己胸脯上，但是她的身体那么硬，像冰。他们就在镇上给她买了一条连衣裙，又买了一双凉鞋。给她换衣服时，他忍不住摸了摸她的嘴唇，仿佛女儿还会对他说些什么话，可艾绿珠马上严肃地警告他，千万不能哭，要是眼泪掉在女儿的身上，女儿就上不了天堂。后来他便和艾绿珠商量起如何将女儿运回家。商量的结果是，把女儿在这里火化。他们已经没有钱雇一辆出租车，从千里之外把女儿拉回家了。那天下着小雨，殡仪馆人少，他们也没排队等候。那个工人把女儿的骨灰从炉子里用铁锹铲出来，一股脑儿全倒在地上。孙志刚再也忍不住，坐到骨灰旁哭起来。那是他这么多年来第一次这么痛快淋漓地哭，这可能也是他这辈子最后一次哭泣了。骨灰被艾绿珠窸窸窣窣地捧进骨灰盒，后来，她盯了孙志刚半晌，方才迟疑着跟他商量说："女儿一直很喜欢这个地方，青山绿水的，要不，就把骨灰留在这里吧？小镇上就有一座寺庙，还可以让寺里的师父平时念念经，帮忙超度。"他开始时极力反对，他觉得，女儿一个人留在异乡，要是被别的孤魂野鬼欺负怎么办？艾绿珠安慰他说："女儿很快就去西方极乐世界了，像女儿这样的好孩子，连菩萨都会心疼三分。"他们请寺庙的师父们做了一场奢华的法事。在烦琐、庄严而疲惫的仪式中，孙志刚心里异样宁静。这份宁静一直延续到火车站。在合肥，他们两口子吃了几块烤红薯，然后坐在椅子上等候火车。他们都感觉到一种奇异的轻松，好像这么多年来，其实他们都在等候这样的一个结果。他们甚至开起了玩笑，艾绿珠说："孙志刚，你别心窄，我们好好过，虱子多了不痒，债多了不愁，我们慢慢还，再过几年，十几年，几十年，我们的债还清了，我就给你买一辆二手夏利，黄金周的时候，你就可以拉着我去外地旅行了。"孙志刚笑着说："好啊好啊，那我得先去学个车本，你想去哪里旅行呢？你喜欢大海还是喜欢草原？"

他们这样有一搭没一搭地聊着，直到火车进站。在火车上，他们面对面坐下，谁都不晓得还能再说点儿什么。半夜里孙志刚醒来，艾绿珠死死抱着一个黑皮包睡熟了，她睡得那么沉，嘴角流着长长的涎水。他只有看着窗外，看着窗外弥漫的黑，有那么片刻，绝望再一次紧紧攫住了他的心脏，让他佝偻的身体痉挛起来，同时大滴大滴的泪水铺满脸颊。车厢里那么静，他不敢哭出声，后来，他机械地朝玻璃窗吹着哈气，哈气瞬息就将玻璃铺了层薄雾，他就在玻璃窗上来来回回写着女儿的名字，孙明净……孙明净……孙明净……写完就用袖口擦拭掉，而窗外的黑暗在瞬间淹没了他的瞳孔……

回来后的很多个夜晚，他没有丝毫睡意，就坐在女儿书桌前发呆，摸摸老狗的毛，搔搔猫咪的痒，要不就将女儿养的绿毛龟从鱼缸里捞出，看它缓慢而忧伤地爬行。有一次他不经意间翻了女儿的抽屉，翻出了一封信，从日期上看，这封信是去九华山的前一天晚上写的：

今天，我笑着问爸爸，如果哪一天我死了，你们会怎样？爸爸笑着说："没有你，我们一样活得很好。"我知道他心里很难受，他是故意这样说的。大人们不知道在掩饰悲伤的时候，他们的眼睛往往出卖了他们。爸爸年轻时那么帅，可现在老得像棵丧失了记忆的树。

我很欣慰。他们知道我有多么爱他们。

如此看来，女儿头去安徽之前，其实早为自己做好了安排。她想死在那个山清水秀的地方，这符合她的天性。她一直爱美，吃激素吃得那么胖，脸上手上全是紫瘢，她还是尽量保持清洁，每隔两天就洗一次头。她为什么那么懂事？如果她刁蛮任性，他的痛苦会减轻一点儿。很多个夜晚，孙志刚盯着房梁，觉得人活着真是没意思透了。身旁的艾绿珠不停翻身，却故意发出均匀的呼吸声，好让他觉得她睡得如此安详甜美。他当兵那会儿，其实喜欢过一个高中女同学，女同学家里穷，母亲极力反对这门亲事，并托人说媒，将在镇上教书的艾绿珠介绍给他。这么些年，他机械地跟她做爱、聊天、吵架、怄气，就像在跟另外一个自己过日子。艾绿珠不能生育，他们抱养了一个外乡人的孩子。那时他想，人活着，就不要想太多，要是想得太多，这世界就虚无了。人嘛，其实就是棋盘里的卒子，只能进不能退。如今呢，女儿死了，家里欠一屁股债，他能够感受到的，只是一个中年人没有尽头的……疲惫。卒子再也不想往前拱了，不是不想拱了，而是没有气力往前拱了……当他把那瓶敌敌畏藏在床板底下时，心里竟有一种久违的温暖。他想：自杀之前，他该去感谢感谢那些帮助过他们的人，他始终记着句老话，“滴水之恩，当涌泉相报”。那些从来没有见过面的陌生人，延续了女儿几年的生命，让他多享了几年的福。他要替女儿做点儿事。他从捐款者名单里挑了四位，打算给他们送点儿土特产。

而今天的市里一行，却让他有些不甘。李文出去采访了，张奎傻了。尤其是艾绿珠，竟然连一个玩具大象都舍不得赠给张奎。她从什么时候开始变得如此吝啬？从安徽回来，她就用女儿的一条旧裙子缝制了这么个玩具，有事没事都要拿出来抱一抱。

他们是在离敬老院三里左右的地方找到艾绿珠的。艾绿珠坐在一个垃圾桶旁，胳膊抱着双腿，脑袋夹在两块膝盖骨中间，远远看去她那么细小。孙志刚鼻子一酸，就对赵广元说："去，把你嫂子接过来。"赵广元没动，反倒问道："我说志刚，你们啥时候才能把事办完？"孙志刚知道他这是着急了，他肯定一路都在想着李梅。孙志刚没吭声，而是窸窸窣窣从衣服里掏出张信纸，展开递给赵广元。赵广元接了，贴了眼睛看：

新华道120号《劳动日报社》李文

凤凰区光荣敬老院张奎

华北煤炭研究所陈素娥

长宁西道祥丰里205楼二门202室刘志军

"我×，还有两家呢。"赵广元嘟囔道，"煤炭研究所？这是什么鬼地方？"

孙志刚不去管他，而是朝艾绿珠走去。当他站在艾绿珠身旁时，他不知道该说些什么，只好大声咳嗽了一声。艾绿珠抬起头仰望着他。他有些不自在地将眼光移开，然后，他感觉到自己的大腿被艾绿珠死死抱住。她的手臂还那么有力气，他已经记不清楚，她有多少年没这样拥抱过他了。后来，艾绿珠松开胳膊，将手掌伸给他，他就攥了她的手，将她从地上轻松地拉了起来。艾绿珠掸了掸裤子上的灰尘，轻声对他说："我们赶快去下一家吧。"

这样，孙志刚夫妇和赵广元又去找陈素娥。陈素娥是煤炭研究所的研究员。等他们好不容易找到研究所，人家告诉他们，陈素娥去年刚刚退休，早就不上班了。孙志刚向人家讨要她家的地址，人家笑着说："告诉你，你一时半会儿也找不到她。"孙志刚说："没关系，我们不嫌费事，慢慢找。"那人就上下打量着孙志刚说："陈素娥退休后搬她儿子那里住了，享福去咯。"孙志刚问："她儿子住哪儿？远不远？"那人说："不太近，在得克萨斯州。"孙志刚又问："什么州？什么州？是不是离贵州很近？"艾绿珠连忙捅了捅他说："美国的，美国的。"孙志刚茫然地盯着艾绿珠，艾绿珠就拉着孙志刚出来。她扶着孙志刚的胳膊，半晌没吭声，后来她柔声说道："孙志刚，我有些累了，我真的有些累了，要不我们……先去广场上休息休息？那里有露天的椅子，不用花钱，前天电视里也报道了，说广场上的海棠和玉兰开得正是时候。”

十

劳晨刚和苏澈坐在广场的椅子上，张望着来往的旅人。这是这座城市最大最雄伟的一个广场。广场中心矗立着水泥柱纪念碑，碑底座上雕刻着三十年前那场劫难中，让人们难以忘怀的英雄和事迹。不少孩子在广场上放着风筝，大人在一旁帮忙牵线，同时还要提防成群的蜜蜂蜇到奔跑的孩子。

“一会儿我就去坐汽车。估计下午，我就能见到明净姐姐了。”劳晨刚手里捏着只蜜蜂，蜜蜂挣扎着飞，劳晨刚就用 MP4 将蜜蜂翅膀拍打空气的声音仔细录下来。

“需要我陪你一块儿去吗？”

“不用。你赶快去上课吧。我到桃源镇后会给你打电话。”

“你记录这些声音……有什么用途？”

劳晨刚将蜜蜂放飞。后来，她开始放 MP4。这样，苏澈在接下去的时间里，听到了风吹屋顶的声音，听到了孩子大声哭泣的声音，听到了火车车轮碾过道轨的声音，听到了刀子割破玻璃的声音，听到了男人和女人吵架的声音，听到了牙齿咀嚼甘蔗的声音，听到了飞机起飞的声音，听到了骏马嘶鸣的声音，听到了昆虫欢叫的声音，听到了鞋子在走廊里走过的声音，还听到了两个女孩子一起歌唱的声音。

“‘非典’那年，我们一起在北京住院。哪里都去不了，只能乖乖待病房里。我们就用这个MP4，录窗外的各种声音。我们都不说话，可是心里却很快乐。净姐说，欢愉在于细小，在于沉默。我不知道这句话是她说的，还是别人说的。”

“今天你就能看到她了，”苏澈说，“你们……也有好几年没见了吧？其实……”

“……以前我们经常通电话，只是这几个月，突然就断了消息。”

“其实……其实……其实我有种不祥的预感，”苏澈断断续续地说，“如果明净一切都好，她……她肯定会联系你。”

“别说了。”

“也许她……她已经……”

“别说了。”劳晨刚转向他，将胖乎乎的手指竖在唇边。

“你最好有这样的准备……你这么聪明，也许你早猜到了这一点……只是你不敢承认。”

劳晨刚并不吭声。她沉默了足有一个世纪那么漫长。“我答应过她，等我的病好了，一定帮她找到亲生父母，让他们给她捐骨髓……”她突然说不下去了，她的眼泪已经把她的嘴唇堵住了。她丰满的身体哀伤地颤抖着，后来为了哭起来更方便，她干脆蹲在椅子脚边。她的嗓音和男人一样粗壮。

而孙志刚他们到达广场时，赵广元还在嘀嘀咕咕。他说即便找到那些人又有屁用，明净都不在了，还不如跟他去找李梅。孙志刚和艾绿珠并没有生连弟的气，说实话，他们都被广场上嘈杂的声音和拥挤的游客弄得有些眩晕。有那么片刻，艾绿珠去拉孙志刚的手，孙志刚的掌心涩涩的，似乎还在担忧停在路边的电动三轮车是否会招来交警。艾绿珠将他掌心打开，五根手指用力地攥着孙志刚的五根手指。她的左胳膊夹着那只水红绒大象。大象那么庞大，细长的鼻子几乎要耷拉到地上。他们从安徽回家后，按照桃源镇的习俗，把女儿从小到大的衣物全烧了，当然，还有那些大象玩具。女儿喜欢动物，尤其喜欢大象。艾绿珠只留了女儿的一条红裙子……其实，她一直想告诉他，女儿的骨灰，其实就在裙子缝制的大象玩具里。她没把女儿留在寺庙，而是时常把女儿贴在乳房上……他是个软心肠的男人，她可不希望这个软心肠的男人终日捧着女儿的骨灰抹眼泪。

后来，他们仨看到广场那边围了群人。艾绿珠就拽着孙志刚过去看。他们一向不是爱凑热闹的人，在镇上，每年正月十五都要扭秧歌划旱船，他们一次都没看过，但是在广场上，在市里的广场上，在海棠盛开的市里的广场上，他们没有必要让他们显得跟别人有什么两样。当艾绿珠好奇地从人群中拨拉开一条缝隙时，她无疑有些失望，只是个肥胖的女孩儿蹲在地上大哭。她哭泣的声音如此粗糙，又如此熟悉，完全不像个羞涩的女孩儿。艾绿珠隐约有些失望，难道市里人就这么喜欢看一个孩子的热闹吗？她突然有些愤慨，她又控制不住自己了。她大声地朝人群喊着：“散开散开！有什么好看的！该干啥就干啥去！又不是在耍猴！”她的声音严厉而平仄分明，就像一位老师在训斥调皮的学生。那些围观的游客悻悻地散开，然后，在涌动的人流中，艾绿珠拉着神情涣散的孙志刚，一步一步朝女孩儿走过去。

金　鸡

秋天总是很短，仿佛黎明时墙壁上花卉的倒影。白昼也短，直至卯时杨树上的喜鹊才叫，而等我醒来，所有的鸟鸣声都消失了，只看到室友穿着肥大的睡衣趴在电脑屏幕前移动着鼠标。

“还不睡啊，夜猫子？通常我礼貌性地问候一句。”

“修图。”他略带羞赧地笑笑，轻声打个哈欠，头仰向布满细小蛛网的屋顶，点几滴眼药水。我挺佩服他。我一直不会自己点眼药水。

“这样会把身体熬坏的，没听老中医说吗，子时养肝，丑时养胃。”

“没事啦大叔，习惯了，再说如果我偷懒，就真找不到工作了。”

他搬进来也有段时间了，跟上位室友相比，这孩子过于安静，睡觉不打呼噜，看《奇葩说》和《十三邀》时戴副

"AudioFly"牌白色耳机，即便外卖点的海鲜烩饭，碎龙虾壳吐得满桌都是，也家猫般不出声响。他瘦，但不是枯瘦，眼大,但不瘆人。他还是个爱干净的孩子,临出门前总要洗澡，如果不洗澡的话就洗头。他用无硅油洗发水，他说自己是油性皮肤，而斯里兰卡的这款洗发水去油效果强悍，他尤其喜欢洗发后那种涩涩的犹如初恋的感觉。他还有三瓶不同水果味道的发胶和啫喱水，有次我看到他在镜子面前小心翼翼摆弄着发梢，半个时辰也有了。

"你要去拍戏吗？"

"哦，大叔，"他严肃地盯着我，"你这话一点儿不幽默。发型对男人来讲太重要了！我忙活半天，还是没有办法将额头上的这一缕完全竖起来。"他有些沮丧地撣了撣头发，一根根重新拽直。

跟他相比，我可能真的老了。我从来没有买过除臭器，每晚将鞋子用油擦净后再郑重其事地悬挂在上面；我也没有像他那样，如果晚上不洗澡就用"小天使"牌柠檬味湿纸巾将腋窝擦拭两遍。他的袜子也比我多，有次我忍不住用眼光偷偷数了数，光夏天穿的短袜和船袜就有五十多双，更别提那些堆在床边的长筒棉袜和色泽鲜艳的足球袜了。

说实话，我甚至连瓶发胶都没有，当我为自己的邋遢寻找借口时，我才发觉我不是没有发胶，而是从小到大就根本没用过这种闻起来犹如空气清洁剂的奇怪液体。这就是代沟吧。代沟是什么？代沟就是我只有两双从超市买的廉价皮鞋，而他有三双手工复古尖头皮鞋、两双旅游鞋、四双板鞋和一双运动鞋。当他要走出那扇奶油色的房门时，他会根据自己穿的衣服选择其中的一双。

我们的作息也完全相反，当我睡觉的时候，他在设计平面图；当他睡觉的时候，我在图书馆看小说。只有中午，我们结伴去吃点儿东西。让我欣慰的是，他嘴不刁，这样，我们就能去离宿舍最近的那家小吃店。

这大概是世界上最小的店铺了，只有七八平方米，专卖成都小吃，“他家的酸辣粉和红油抄手是学校里最地道的。”这不是我说的，是室友说的。

“你在北京根本吃不到这么正宗的酸辣粉。”他吸溜吸溜地吞咽着银白色的粉条，艳红的辣椒油顺着唇角蜿蜒至下颌，“老板，家是哪里的？”

老板正叼着香烟剥鸡蛋。他是个讲究人，手上戴着一次性塑料手套，只是我老担心烟灰要掉进盛满了猪小肚的铁锅里。

“我是四川人。”

“四川哪里的？”

“成都。”

“成都哪里的？”

“蒲江。”

“哦，我是青羊的。”

“你娃儿是小老乡哦，加个蛋，加个蛋。”我看到老板犹豫片刻后用勺子了个鹌鹑蛋大小的卤蛋，倒进室友碗中。

我才知道室友是成都人。他的普通话那么标准，丝毫没有川普那种软绵绵的桂花甜味。闭上眼，你会以为是电视里的播音员在一板一眼地念新闻稿件。

相对于室友的日常起居，我的生活规律得仿若机器人。早晨七点起床，洗漱后去食堂吃早餐，通常是一碗豆腐脑两个煎牛肉包，要是煎牛肉包卖完了，我就吃两碗豆腐脑。上午骑着小黄车去人文楼听专业课，我喜欢听那个有点儿斜眼的老教授用西安话讲《中国文学通史》。中午小睡四十分钟，下午要么旁听历史学院的《清史》，要么躺在图书馆的沙发上读维特根斯坦。这套《维特根斯坦全集》共有十二册，我读了半年，连一本都没读完，读过的也半懂不懂，只记住一句话：“我只有放弃对世界上发生的事情施加任何影响，才能使自己独立于世界，从而在某种意义上支配世界。”能记得这句话是因为我认为它从逻辑上讲是错误的……晚饭后我去操场跑步。我想学游泳，从十岁时就想学，想了三十年也没有学。当然，这次还是没去，主要担心被教练或年轻学员笑话，我自己都能想象到那种场景：一个肌肉松弛的中年男人挥动着黑毛手臂在水中胡乱扑腾，以为自己是青蛙或蝴蝶，其实不过是头落水的猪。三个月后我彻底断了念想，每晚绕操场小跑十圈儿。初二时我曾在学校的春季运动会上拿过五千米长跑亚军，如今呢，跑起来倒像背上还驮着另外一个沉默寡言的灵魂。

我悻悻地想，这样已经很好了，这样能有什么不好？一切都将被细菌般的时光轻柔地吞噬、肢解、分离，变身泥土或尘埃……当然，吃饭是快乐的，只不过这快乐不关乎食物，也不关乎胃，它更像是厌食症患者的机械选择。

除了离图书馆最近的东区食堂，我最常去的就是那家成都小吃。店面委实小，又窝在阴面，白天也要开灯。老板跟他老婆在里面都要侧着转身。我时常听到他们用家乡话嘀嘀咕咕，虽绵软低沉，也能猜得出是在拌嘴。也难怪，夫妻店，连服务员都没有，他们又不是蜈蚣，他老婆还要时不时骑着电动车去宿舍楼送外卖。他们在台阶下面摆了四五张狭长洁净的小桌，顾客随便坐，有时我恍惚着老板真的变成了蜈蚣，瞬间长出若干条手臂将一碗碗汤面甩到桌上。吃完后我通常吸支烟，吸完如果他们还忙得脚尖朝后，就帮他们端端饭菜，拾掇拾掇碗筷，反正闲人最不怕浪费的就是时间。

“哎呀，你人太好了，”老板大概想跟我握手致谢，刚探出却又缩回，胡乱在裤子上揩了揩，“下次我要给你加个蛋！加个蛋！”当然他说了也就忘记，翌日即便多加个卤蛋，也要收两元钱的。我倒没什么，很喜欢跟他聊一聊。通常是阴雨天，客少人稀，麻雀在草丛里觅食，他蹲在树下择葱洗菜，搓洗腐竹。他嘴上叼烟，时不时猛吸两口，烟灰落在洗净的蔬菜上。整支烟吸完，手连碰都不碰，当他呸的一口将烟屁股吐在地上，我才长长地呼口气。

“你是哪里人，幺弟？”

“我浙江的。”

“你是学校的老师？”

“不是。”

“你是陪读的家长？”

“不是。”

“你是保安？”

“不是。”

“你是修锁修自行车的？”

“不是。”

“你是卖水果的？”

“不是。”

“你是宿管？”

“不是。”

他这才乜斜我一眼，又叼上支烟卷：“你是扫厕所的？”

“不是。”

他不问了。他不问了，我也就不说。

“我跟婆娘累得要吐血了，他抱怨道，腰杆都要裂咯。”

“你们找个手脚勤快的老太太，花不了几个钱。”

他摇头：“你晓得不，房租一年要八万呢。”他伸出食指和拇指，狠狠地朝我比画。我感觉他把我当成房东了。“下个月把我娃娃叫过来，反正毕业了，没个正事。”

“闺女还是儿子？”

“幺妹儿，长得好巴适。”他得意地龇出口黄牙，吐沫星子差点儿喷溅到我脸上。

室友依旧过着黑白颠倒的日子。下午起床，起床了喝袋芬兰牛奶，然后穿着睡衣坐在硕大的电脑屏幕前。我老担心稍不留神，他的头部和躯干都会被电脑倒吸进去。他接了幼儿美术培训学校的活儿，说起来简单，给学校起个新名字。以前学校有两名股东，多年闺密不慎翻脸，一方另立门户，另一方要给新公司起个告别过去又展望未来的名字。我这才晓得这个长相颇似名侦探柯南的室友有多神奇了：他把北京所有同类培训学校的资料搜集起来，按照所属区域、学校规模、学生年龄、学生性别、收费情况进行了索引。光这一项就花费了他七天时间。我忍不住问他：“你是在做社会调查还是在起名字？”

他说：“大叔这你就不懂了，要整合全部资源才能起个与众不同又醒目贴切的名字。这名字要高贵，要通俗，还要符合学校定位。瞧见没，就在国贸附近，国贸附近有几个高档小区？每个高档小区有多少户家庭？每户家庭是一孩还是多孩？户主是本地土著还是外来人口？这些都要综合考量……”

“你收费很贵吧？”

他摇摇头：“我刚出道，只收六百元。你别以为只是顿撸串的钱，如果跟客户建立了良好密切的关系，彼此信任，难道不是铺了条无形的路吗？你别小瞧这个培训学校的校长，好歹是美国普林斯顿大学的教育学博士，她父亲是国务院参事，她哥是东城区公安局政治部副主任……”

后来他又接了个烧烤炉的平面广告图。他在烤炉上不停地更换着品种、色泽、厚薄度不同的牛肉、羊肉、猪排，将这些肉类的颜色变成浅红、绯红、深红、霞红、朱红、血红……

“你觉得哪种颜色看上去最有食欲？他忧心忡忡地盯着我。”

我只好说：“你这是在卖肉，还是在卖烧烤炉？”

他说：“大叔，你思维不能太僵化，看事物要看它的本质。我们去超市选择烤炉，首先留意到的难道不是炉上的食品吗？所有烤炉的功能大同小异，我们应该考虑如何让在深思熟虑之后才去买烧烤炉的人在第一时间注意到烹饪后的奇妙效果，当他的味蕾在图片的催化下猛然苏醒并做出虚假判断时，他已经下意识地将烧烤炉抱在了怀里……”

烧烤炉的平面图得到了老板的认可，但这个老板肯定不是普林斯顿大学毕业的，烧烤炉都快上市了室友才拿到八百元设计费。他倒得意得很：“大叔，我请你吃饭，去中关村的‘河豚先生’，还是苏州桥的‘第六季’？”

“穷学生请什么客，省省吧。”

他笑嘻嘻地说：“大叔啊，你不也是学生吗？别瞧不起我，我的生活费比你多。你以为我穷啊？偷偷告诉你，我家财万贯呢。”

我说：“你讲话注意点儿，别闪了舌头，我以前可在税务局上班，要不，你请我吃红油抄手吧。”

他叹息一声：“你们这些老人家，真是温良恭俭让，勒紧裤腰带过日子，还啥事都喜欢替别人操心，累不累啊？”

那是深秋的午后。白杨树的叶子将黄未黄，天空是那种清冽的蓝，蔷薇还没开败，从破旧的栅栏里挣扎出来，我从花蕊里逮过几只灰翅蜂鸟送给玩儿滑板的孩子们。那天，还没到小吃店，远远就瞅到那棵粗大的白杨树脚下闪着一团动来动去的黄金。走近了，竟然是一只公鸡。这是我见过的最雄伟漂亮的公鸡了，浑身一根儿杂毛没有，只有鸡冠是血红的，像涂抹在黄金上的血迹。

“幺妹！一碗抄手，放香菜不加卤蛋！一碗酸辣粉，不放香菜加卤蛋！”老板正在店门口抽烟，瞅到我们就梗着脖子朝店内喊。我问：“哪里来的公鸡？”老板说：“幺妹来帮忙，把她的宠物也带来咯。”果然，有个女孩儿匆忙走出来，慌里慌张地朝我们问：“哪个加香菜哪个不加？再说一遍，我忘咯。”她声音很小，像在跟人窃窃私语。室友瞄了眼说：“随便，香菜我也吃的。”女孩儿朝这边又瞥了瞥，没吱声。“幺妹上的大专，在家里陪她奶奶，店里缺人手，才喊过来。”老板嘿嘿地笑着，“这个瓜娃子，傻得很。”

我看到女孩儿走到白杨树下，从兜里抓出把玉米粒撒在草丛里。公鸡抖抖双翅，跳着脚过来，脖颈闪电般一探一缩，一缩一探，玉米粒顷刻就光了。我这才发现这只公鸡只有一条腿。我以为眼睛花了，不禁凑前瞅了瞅。没错，这只威武的公鸡只有一条腿。

“小时被黄鼠狼咬掉了，”女孩儿细声细气地说，“别看一只脚，能飞到榆树顶顶高头。今年春天，还鸽死过一条蛇。我们镇上的母鸡，都喜欢它呢。”

再去看那只公鸡，又蹦跶着去草里觅食了。

“把你的公鸡看好。”室友用湿纸巾将每根手指刮得干干净净，盯着女孩儿说，“把你的公鸡看好。”

女孩儿呆呆地哦了声。

“这里野猫特别多，比黄鼠狼还贼。前几天，我亲眼见到一只胖野猫叼着一只胖喜鹊蹿上树梢，啃得只飘下几根羽毛。”

女孩儿瞪大眼睛瞅他，又快速瞅了下公鸡。

“你用麻绳把它拴在树上，它就不会四处乱跑了。这学校，比你们浦江还大呢。咦？你手上全是红油，还不快去擦擦。”

女孩儿又哦了声，噘着嘴转身去收拾碗筷。

室友这段时间不再熬夜了，据他说导师要开个人画展，作为导师这届唯一的弟子，他要马首是瞻回报师恩，另外就是要写毕业论文了，必须白天到图书馆查阅文献资料。这样我们的作息不免一致起来。不过白天他总是蔫头耷脑，骑着小黄车跑完展厅跑图书馆。即便如此，他还抽空网购了熨衣板和熨斗。他将冬天的棉袜和长袜统统翻出，一只一只熨好，再挂在一个环形衣架上。他还帮我熨烫了我唯一的一件白色亚麻衬衣。“你都这么大岁数了，难道只有一件衬衣？”他张大嘴巴盯着我，“你光膀子穿毛衣吗？”我只好告诉他，像我这个年龄的，通常都会买若干件秋衣换着穿。他撇了撇嘴说：“秋衣有纯棉的吗？你穿起来不拉肉吗？”我只好再告诉他，秋衣里面还会套条跨栏背心。“跨栏背心？”他扑哧一声笑了，“跨栏背心难道不是打篮球才穿吗？”我说：“我以前是单位的篮球队队员，13号球衣，人送绰号‘罗德曼’，我打了三十多年篮球，跨栏背心也有四五十件了。”他不可思议地凝望着我，半晌才嗫嚅着说：“天啦噜，你竟然还是篮球运动员……你有二百斤吗？”我说：“我是虚胖，其实只有一百九十三斤。”他也没接话，抓起桌上的香梨嘎吱嘎吱啃，啃着啃着扭头对我说：“叔啊，你老了，但也要规划好自己的生活，不能将就，人这一辈子，不容易呢。”我使劲朝他点点头。

要是女儿还活着，应该比他小不了几岁。

深秋那段日子，我跟他频繁地去成都小吃吃午饭。他们家又添了钟水饺、肠粉、凉皮和担担面。我们去了也不用说话，女孩儿就把面和粉端来，有时排队的人多，她就偷偷给我们加塞。我跟室友说：“你发现没？我碗里的面还是那么多，但你碗里的粉明显量大了。”他就问：“大叔，你这句话的潜台词是……”我说：“很明显啊，这女孩儿可能喜欢你。”他咧嘴笑了，说：“难道你觉得我的情商是负数吗？”我说：“你别太自负，仔细瞅瞅，女孩儿长得多好，大眼睛双眼皮……”“你对女人的审美还停留在20世纪90年代，”他打断我的话，“现在的年轻人都喜欢狐狸脸，这姑娘腮帮子上的肉也太沉了吧。”我说：“圆脸的姑娘有福气……”他摆摆手说：“我不敢谈恋爱了，怕了，多好的姑娘跟了我，她就不再是原来的她。”“为啥？”“都被我宠坏了呗。”我还想问点儿什么，没问。他盯着杨树下的那只公鸡，心不在焉地说：“真像是用黄金雕出来的。”

女孩儿大概忙完了，去喂鸡，喂完了朝我们喊："你们忙不？不忙的话帮我录下'快手'。"室友说："好啊，录什么？难道你也要生吞缅甸蟒蛇钢牙咬碎玻璃？"女孩儿说："乱讲，'快手'上不全是疯子，还有很多好玩儿的人呢，不要一棍子打死。"室友懒洋洋地问："比如……"女孩儿说："有个小姐姐叫文静，住在内蒙古乌兰布统景区，养了一群狼，她每天跟狼嬉戏打闹，狼要是不听话了，她就把狼打一顿。"室友说："哦。"女孩儿说："还有个养牛人，是个牛经济，每天直播如何在牲口市场挑选好牛，又翻眼皮又摸牙齿又验牛粪的。"室友歪头问："那你直播什么？"女孩儿说："我呀，直播堂吉诃德跳舞，上树，爬寨子，捡项链。"室友问："谁是堂吉诃德？"女孩儿指着公鸡说："它呀，你不觉得这个名字很配吗？"室友干咳了声，问："你学中文的？"女孩儿说："哪里，我学的织染专业。"室友说："好吧，我们现在要录的是……"

女孩儿将脖子上的项链扔出去，然后吹了声口哨。我们看到堂吉诃德疯了般单腿猛蹿出去，直奔阳光下闪闪发光的饰品。说实话，我觉得堂吉诃德奔跑的样子很像饥饿的澳大利亚袋鼠。

天越来越冷，却没有下雪。来这里一年多了，只碰到一场雪。对我这样的南方人而言，不得不说是件遗憾的事。室友导师的画展结束了，结束当晚举办了盛大的庆祝晚宴，室友还把我邀请过去跟他导师同席，介绍说：“这是中国很有名的编剧。”他的导师是位满头银发的老太太，热切地跟我握手、碰杯、加微信，弄得我很是羞愧。晚宴快结束时，我才瞅到小吃店的女孩儿混坐在室友的师姐师妹中间，穿了条咖啡色呢子长裙，得体又漂亮。那晚室友喝了很多酒，当我把他搀扶到宿舍，他抱住马桶就哇哇狂吐。我用温水给他泡了杯蜂蜜水，他囫囵灌下，很快就又冲向卫生间。听着他呕吐的声音，我有点儿恍惚。后来他耷拉着双腿斜靠住墙壁，闷头闷脑地说：“大叔，我谈恋爱了。”

我说：“挺好啊。我早就说过，那个女孩儿不错，适合当老婆。”他有些惊讶地说：“你怎么知道的？”我笑着说：“我谈恋爱的时候，你还在你妈妈的怀里嘬奶呢。”他说：“其实上个礼拜六我跟她去天津了，没错，我们坐了摩天轮。我一直想跟我的女朋友坐一次摩天轮。我跟她说：‘我是个精致的利己主义者，你条件不好，学历低、家庭一般，但我喜欢你。这不符合我的处事原则，可我愿意破一次例。我明年就要在北京买房、工作，你要是愿意，就当我女朋友吧。’她想了想，答应了。我们拉了拉手。她的手很凉。她说她的手从小儿就凉，她一直怀疑自己是冷血动物。我们就面对面坐着，拉着手，看着地面上的马路、海河、大桥、建筑一点一点远离我们，因为速度缓慢，我们并没有觉得离人间越来越远，离星空越来越近，相反，在这段弧线运动里，我觉得时间、空气、思维都凝固了，我仿佛是坐在一列密闭的宇宙飞船里，正跟心爱的人以光速驶向某个神秘的星系。到达制高点时，摩天轮静止了片刻，我想吻她，她笑着推开了我。她说：'早知道坐摩天轮，就把堂吉诃德抱来了，也让它从空中看看美景，顺便直播一下，就叫"堂吉诃德大战摩天轮"'。""后来呢？""后来我们在附近的宾馆住下，大床房，我们都没有脱衣服。我抱着她睡的。她身上的味道很奇特，是陈皮和花椒的气味……"

后来，他说着说着就靠着墙睡着了。我拿了条毛毯给他盖上。

女孩儿的父母大概晓得他们的事，比以往更客气。那次甚至给我们免费送了份水芹猪肉水饺，糖醋蒜也多给了两头。室友当着我倒不知该如何跟女孩儿讲话，只是一双眼贴在女孩儿身上，脸上是那种热恋的人惯有的傻笑。得闲了，女孩儿坐我们旁边洗猪小肚。水那么凉，她也不怕，手上全是茧。室友跟我商量面试的几家单位，在他看来最好能去腾讯或中国移动。但面试的条件极为苛刻，他的专业并不对口。虽然他托朋友通融，也不保险有面试机会。如果去不了这两家公司，最佳选择是"完美游戏"公司……女孩儿洗完猪肚继续听我们讲，听着听着开始打哈欠，后来她把堂吉诃德抱在怀里哼哼唧唧地唱歌。她声音小，曲调也婉转，可架不住堂吉诃德在她怀里扑腾时羽毛发出的声响，我一句没听懂。当我喝掉碗里的热汤，发现女孩儿靠着椅背打盹儿，公鸡好像也睡了。有那么片刻，稀薄的阳光照着她洁净甚至有点儿凸起的额头和怀里的堂吉诃德。她均匀地呼吸着，粉色围巾的细穗被她的鼻息轻柔地荡出去，又缓缓地落在堂吉诃德的鸡冠上。抱着黄金的女孩儿，我又想起了女儿。我说："我们走吧。"室友摸了摸女孩儿的耳朵，女孩儿哆嗦下醒了，笑着说："我做梦了。"室友问："梦到啥了？"女孩儿红着脸说："等晚上再告诉你。"

有一次我去邮寄快递，路过静园时发现树下围着群人，不时听到惊奇的赞叹声，还有人举着手机照相，凑前瞅了眼，却是室友和女孩儿。一条细长的绳子，一头儿在室友手里，一头儿在女孩儿手里，他们将绳子抡成了圆形，每晃动一次臂膀，女孩儿都会鼓着腮帮吹声哨子，哨子很响亮，然后，我看到独腿的堂吉诃德纵身而起，双翅在空中展成金色的降落伞，而那条绳子温柔地舔下地皮，又甩向洁净的天空。

我站在那里看了很久，堂吉诃德也跳了很久。

接下去的一个月我几乎没在学校。有个大学同学以前是国美房地产高管，后来辞职干起了影视。那几年，有钱人，无论是开矿的、做饭店的、盖房子的、卖保健品的，只要是有钱人，都想拍电影。不管是洗钱还是真的想赚钱，反正是把这个行当搞得比好莱坞还红火，听说连刚出道的三线小鲜肉，只要肯接活儿一年赚一亿还嫌少。他不晓得从哪里搞到笔投资，想拍部关于广场舞的都市轻喜剧。导演也找好了，获过金鸡百花奖和金鹰奖，是拍家庭剧的大师。作为刚出道的制片人，能请到大导演简直是中了彩票头奖。为了套住人家，哥们儿先预付给导演两百万定金，又陪他到拉斯维加斯赌钱，“输”给他一百五十万。可都年终岁尾了剧组仍迟迟没有组建，原因很简单，导演认为剧本“是一泡狗屎”。用导演的原话讲，就是如果他拍了这部戏，这辈子的名声就毁了，而且一辈子都别想翻身。既然问题如此严重，朋友只好换编剧，换了七八个也有，可无论出名的还是即将出名的，都被导演骂得要跳楼。

“你帮帮我吧，”哥们儿说，“我彻底没辙了，疯了，痿了，抑郁了。”我说：“我这种烂木头怎敢冒充椽子和檩？”哥们儿说：“我一集给你十万，一共四十集，怎么样，够意思不？”我想了想说：“我缺钱，但也不能糟蹋你。这样吧，我有个朋友，以前给‘国师’当过御用编剧，让他来帮你擦屁股吧。”

尽管如此，我还是在他那边待了段时间。他给我安了个文学顾问的头衔，我也不能白吃干饭。这期间我接到过室友的电话，他支支吾吾地说，有些事想跟我商量商量，除了我，他实在想不起还能找谁。当时我们正在开剧务会，导演正在训斥他的助理，我说：“忙完就回学校找你。”等真的忙完了，却忘了这茬。翌日回电话过去，室友关机。隔天又打了几次，还是关机。也许是他跟女孩儿出了问题？不过，这世界上还有他搞不定的事吗？

回学校时已是冬天。我喜欢北方的冬天，树木赤裸干瘪，野猫仍像士兵一般巡逻，乌鸦的叫声要比夏日漫长，人们行走在路上时只露出焦灼的眼睛。一切都在萧瑟中等待着春风吹来。而我，则等待着传说中的漫天大雪将这一切都覆盖。诗人说：只有雪是免费的，希望雪不要落在坏人的屋顶上，要落就落在鸽子的眼睛里。我想：雪可以落在好人的屋顶上，也可以落在坏人的屋顶上。当世界上只有一种颜色时，无论好人还是坏人，都会在彻骨的寒冷中悄然入眠，都会在梦中彻底忘记那些早就该遗忘的人。

而我的室友大概也将我忘记了。打电话不接，发短信不回。看着他电脑桌上的灰尘，我突然萌生出某种不祥的预感。当我站在小吃店门口瑟瑟发抖时，女孩儿问："大叔，好久不见，来碗抄手？"她跟以前比没什么变化，只是脸颊更红润，像来自高原的姑娘。我点了碗酸辣粉，抽上支香烟，问她室友怎么失踪了？她搓着手说："大叔，我也快半个月没他的消息。"

"你们，难道……"

"我们挺好的，"女孩儿说，"他好像家里有点儿事，处理好就回来。他还说，要带着我和堂吉诃德再坐一次摩天轮呢。”我去看那棵树，堂吉诃德没在树下。“我把它关卧室了，”女孩儿笑嘻嘻地说，“它可是只从来没有在北方过冬的公鸡。”

那天我正在读阿摩司·奥兹的《爱与黑暗的故事》，室友忽然推门进来。那么冷，他只穿了件咖啡色风衣。他朝我摆了摆手，然后闷头整理行李箱。等我烧完水沏完茶，他已穿鞋和衣躺在床上，须臾便听到了急促的鼾声。我掩上房门，去超市买了只烧鸡、两袋老蚕豆，还有一瓶红星二锅头。回来时他醒了，正坐在床边发呆。我说：“这么冷的天，大叔陪你喝两盅，暖和暖和。”他接过酒杯，嘬了一口，皱着眉头问：“酒杯没洗吧？全是灰尘的味道，哎，你这个邋遢大叔。”我笑了笑，撕了只鸡腿给他，说：“你这风尘仆仆的，干大事哪？”他估计饿坏了，也没吭声，三两口就把整只鸡腿吞咽掉。“我爸出事了，”他望着墙角说，“×，去年就该用我的名儿把三里屯那几间商用房买下来。都怪我，什么都不着急，总觉得什么都来得及，一切都为时不晚。这下好了。”

我没再问别的。我不习惯在别人的伤疤上撒盐。按他的口风，他父亲犯了事，资产全被冻结，父亲的合伙人也跳楼自杀了。这段时日他一直跟他姐夫找律师跑关系。“跑似乎也是白跑，哪里有路？路都被堵死了，或许我爸被逮捕的那个下午，世上所有的路就全部消失了。”他将剩下的半杯白酒干掉，愣愣地盯着我说，“大叔，我说得没错吧？”

他说得确实没错。他其实什么都懂。

“我们也从北京找了人，人家开口就要三百万。你说，这些人的胃口怎么这么肥？从小儿吃恐龙长大的？你知道吗大叔，我姐夫现在只能住如家宾馆，天天找不同的人，等相同的信儿。”

我又给他倒了杯白酒。酒是最好的安眠药。这个时候，他需要一个漫长、踏实的睡眠。

室友一直在成都跑门路。我给他打过电话，他声音嘶哑，但依旧像往常一样口齿清晰。他说他母亲也被关进看守所了。不过这样他就放了心，过年的时候，好歹父母能团聚。他还说他打算和女孩儿分手。

“为什么？”

“大叔你傻啊，我能给她好日子过，才有底气跟她在一起，如今家破了，业也败了，她要还跟着我，难道一起喝西北风？”

我说：“女孩儿要是真喜欢你，就不会在乎这些，你要尊重她的选择。”

他沉默了会儿说：“大叔，那是你们那个年代的选择，现在不一样了。你老了，这些你不懂的。”

让我意外的是，女孩儿倒来过几次宿舍。我猜她联系不到室友，又不甘心，才会冒失地来找我。我含糊其词地解释说，室友家里有点儿琐事，需要他亲自出马，只要处理好就马上回北京。她嘟囔着说死活联系不上他，怕他出事，觉也睡不踏实。要是室友回学校，让我暗地里知会一声。有天雾霾很大，整个校园变得像座迷宫，女孩儿又来了，她戴着黑口罩，头上裹着围巾，只露出鼹鼠般羞怯的眼睛。她递给我一个牛皮纸信封，说："大叔，我晓得他家里的事了，这是我平时攒的零花钱，还有跟堂吉诃德直播的钱，等他回来你转给他。我从微信转，他直接退回来了。"

她走后我数了数，总共三千四百五十二块钱。那两枚一元的镍币很新，亮晶晶的。

等室友回来，已是一月中旬。他剃了个光头，穿着件类似袍子的黑色风衣，围着条蓬松的波希米亚围巾，像个忧心忡忡的牧师。他气色比上次见面时还差，眼袋肿胀，嘴角生着几粒暗疮，不过胡子刮得很干净。他给我带了箱都江堰的猕猴桃，说是表姐家种的，以前都用来酿酒。"你又胖了，大叔。"他上下打量着我，"你最近没有夜跑吗？你是不是打算过年了把自己卖掉？不过，最近的猪肉可都是大白菜价。"我不晓得该如何安慰他，也许他只是怕我安慰，才会这般生硬地调侃。他一向是个不会讲笑话的人。我说："你新发型不错啊，以后那些啫喱水就全归我了，你这是打算出家当和尚吗？"他跷着二郎腿说："大叔，你这主意不错，等我料理好家事就去九华山剃度，这世上的事，我是看个透心凉。”我把女孩儿的信封递给他，他打开瞄了瞄。我说：“你可要想清楚，不要辜负了人家。”他没吭声，半晌才磕磕巴巴地说：“大叔，我辜负她……也是为了她好……她傻乎乎地跟着我……会一辈子受苦的。”我拍了拍他肩膀，然后到洗漱间给女孩儿发了个短信。

天已擦黑，我们也懒得开灯。我看着太阳余晖从东墙移动到南面的窗口，又从窗口移到西墙的书架，最后房内彻底陷入了一种羽翼般的黑暗。很多时候，我们就是这般眼睁睁地看着光亮从眼前一点点流逝。室友絮絮叨叨地讲述着这段时间的经历——也许用“奇遇”这两个字更为恰当，我完全能想象一个孩童站在悬崖边的情景。他也谈及诸多与他父亲的往事，在叙述这段涉及隐私的时光时，他没有任何的羞涩与迟疑，或许正是他的这种坦荡让我对他还算放心。他说了什么我大多忘记了，只模糊记得几句，他说他父亲从来没有教育过他“什么是爱”，以及“如何去爱”，庆幸的是，也没有教育过他“什么是恨”……于是我听到自己说：“我们只有放弃对世界上发生的事情施加任何影响，才能使自己独立于世界，从而在某种意义上支配世界。”他想了想说：“大叔，你的心灵鸡汤真够咸的。”

女孩儿敲门时都晚上八点了。我开门时闻到了浓郁的肉香。她嘟囔着说：“你们俩是瞎子啊，真是省电。”边说边开灯。我这才看清她怀里抱着个青花瓷盆，盆上覆着锅盖。室友挠着光头说：“你，你，怎么来了？”女孩儿足足盯了他两分钟，才细声细气地说：“我当然要来，我要看看，你到底是活着，还是真死了。”

他们笨手笨脚地抱在一起。女孩儿在他怀里不停地哭。我才知道原来女孩儿哭泣的声音可以这么响亮。室友下巴抵住她头顶，双臂环住她有些臃肿的腰身左右轻柔地晃动。他们像两个刚学会跳舞的人。女孩儿后来终于不哭了，她掀开锅盖说：“我炖的鸡，你快吃吧。你不是最爱吃鸡肉吗？”屋内立马充溢着扑鼻的香气。我听到自己的肚子也咕噜咕噜地响起来。女孩儿用筷子夹了个鸡腿小心地塞进室友口中，室友嘟囔着说：“烫。”女孩儿吹了吹，说：“吃吧，吃吧。”又抬头扫我一眼说：“大叔，愣着干吗，趁热吃，你们有酒吗？我想喝点儿酒。”我说：“你要真想喝，我书橱里还有瓶陈年茅台。”女孩儿说：“真的呀？我还没喝过茅台呢。”我就把酒拿来，打开，倒好。这时女孩儿盯着室友问：“好吃吗？”室友说：“好吃。”

女孩儿说：“当然好吃了。堂吉诃德从来没吃过饲料，玉米和青菜喂大的。”

我和室友的嘴巴都不动了。

女孩儿端起一杯白酒，小抿了口，可能呛着了，咳嗽了一通，说：“白酒原来是这个味道。”

室友晃着手里的鸡腿问道：“你刚才说什么？”

女孩儿说：“没啥。我记得有一次你问我有多爱你，我说，我可以把堂吉诃德炖了给你吃。你说实话，堂吉诃德好吃不？”

室友再次回成都时，终于下了第一场雪。这是我来北京后第一场大雪。我想，真正的雪就该是这样子吧，如白天鹅的绒毛弥漫了天与地，它落在好人的屋顶上，也落在坏人的屋顶上，但它没机会落在堂吉诃德的鸡冠上了。我不知道室友跟女孩儿后来如何了。女孩儿再也没来过我们的寝室。之后去过几次小吃店，只有老板跟他老婆在狭窄的屋子里转来转去，叽叽咕咕。我本想问问女孩儿去哪里了，但从来都只是慢慢地吃着我的红油抄手。男人到了我这岁数，就会发现沉默是一种真正的美德。那天在地铁口，看着室友踏入那段漫长幽暗的甬道，我的嗓子不禁哽咽了下。他的头发长出来些，没戴帽子，他的下巴更尖了，或者说，他的头颅更像一个标准的倒三角形了。我不知道以后是否还能见到他，我伸出迟钝的手臂，用力地挥了挥，他大概没有看见，只佝偻着腰滑动着黑色行李箱。本来我还想大声地说句“再见”，可大朵大朵的雪花倏尔旋进了我的喉咙，那么凉，甚至有点儿甜，我就哑巴似的翕合了几下颌骨，然后彻底闭了嘴。

良　宵

一

她刚搬到麻湾时，村人并未觉得有何异样。或许在他们看来，这只是位干净的老太太，衣着素朴，脸上一水儿褶子，梳了低低的发髻，站在樱桃树下，束手束脚，竟有几分与年岁不相称的羞怯。隔壁的妇人偶来瞅了几眼，闲聊几句，这才晓得是村里王静生的远房姨妈，不知怎么想起要到乡下住上段时日，这才劳烦她外甥在村西租了三间瓦房。行李也不甚多，几床被褥，一只泛黄的皮箱。随行的还有一只白鹅，白鹅也老了，羽翼暗淡，喙上的肉瘤失了色泽，在屋檐下恹恹卧着。若是人来，她就从包裹里掏栗子、榛子类的坚果，笑着塞进人家掌心，慢声慢语地催促道："吃吧，吃吧。"她的牙齿大抵是假牙，白如玉米，笑时几乎不见牙龈。

翌日，鸡没叫上三遍她就早早爬起，绕村子转了半圈儿。

四月初，清冷了一冬的村子，难免透出些活泼。樱桃就不消说了，顶一树雪，招了细腰蜂，单说荒地里大片的紫云英，于风中凝成水晶，流出光和蜜来。后来她走累了，坐上块青石歇脚。不时有村人牵着黄牛、骡子从她身旁走过，难免都瞥上两眼。她呢，但凡有人瞅她，都要笑一笑，嘴唇被暖阳打成瓣蔷薇。

她也不喜欢串门。村子里的妇女，如果不是农忙季节，屁股底下是安了陀螺的。尤其是此处的女人，舌头都要比别村的长两寸。就有那好事的，借串门的名义，来吃几枚老太太的坚果，喝几盏老太太泡的茉莉花茶，再打听些该问不该问的话，想传与旁人听。可这老太太，就像一只安静的猫，村妇们在炕沿上东拉西扯，她也舍不得插嘴。问她退休前是干哪行的，她说，当教师；问她儿女几个，她说，两儿一女；问她多大年岁，她说，忘了；问她老伴儿是否健在，她说，去世二十多年了。人家问她话时，大眼珠子瞪得溜圆，而她呢，只眯眼盯着墙旮旯，有一搭没一搭地应着。有时那只老鹅摇摆着肥硕的屁股踱进屋，她就顺手抓了脖子拎上炕，箍在怀里，榆树皮似的手细细摩挲着。那鹅也不吭声，闭了眼，仿佛在她怀里死去一般。

闲妇们就渐渐没了兴致。只有个诨号“刘三姐”的，时不时跑上一趟，倒比王静生还勤些。蒸了野菜馅的饺子趁热端一碗来，炖了排骨趁热送几块来，亲闺女似的。老太太推辞几句，就接了，也不见有言谢的套话。“刘三姐”似乎也不在乎。在村人眼里，她本来就是个有点儿缺心眼儿的“女光棍”。所谓“女光棍”，是周庄、夏庄、马庄、麻湾一带独有的叫法，专指那些性情如男人的女人。哪个村不出一两个“女光棍”，譬如夏庄，最有名的女光棍是周素英，专跟男人赌钱闹鬼；譬如马庄，最有名的女光棍是刘美兰，整日里蹬着大头皮靴，领了帮唢呐手跑红喜白丧之事；麻湾呢，若说有女光棍，大抵就是“刘三姐”了。“刘三姐”其实长得还算英俏，只是脾性躁，嗓门儿粗，肠子直，有事没事喜欢扯着铁嗓子唱两句。

二

老太太过了五六日，将麻湾村周遭咂摸透了。这个叫麻湾的村庄，地处冀东平原，西行百里是燕山，东行百里是渤海，怪的却是靠山不吃山，靠海不吃海，反倒以植棉闻名。据说老辈子，宫里用的棉花全由此处沿京东南的运河载去。不过现下却是荒了手艺，年轻的跑到城里做泥瓦匠，只有老农人种几亩棉花。麻湾呢，除了村西有块方圆百米的土岗，全然是平地。若是站荒田里环顾四周，便是由地平线草草勾勒的浑圆。现下清明才过，麦子返青不久，作物都还归仓，除了野花草，只有柳树顶了绿芽苞，飞着些绛色的七星瓢虫。

那天她从村西的土岗下过，虽走得慢，还是呼哧带喘，就顺势找了一块干净的地脚坐下。屁股还没感到凉，便听到不远处传来孩子们的叫骂声。手搭了凉棚去瞅，却是一个孩子在前边跑，一帮孩子在身后疯追。那孩子蹿得比野兔子还快，转眼就从她身边旋风般刮过，直刮到那土岗上。那帮孩子呢，也就不再穷追，只在岗下叽叽歪歪骂个不休。这麻湾的方言倒也有点儿意思，平心静气说起来时，三拐五拐的犹如唱评戏，骂起人来时则脆生利落，简直京戏里的念白一般。那帮崽子兀自咒骂一通，这才悻悻散去。

老太太瞥了瞥他们的背影，又去斜眼瞅那土岗。不一会儿，土岗上便隐约探出个圆头，小心巡睃着岗下。大概是看孩子们走了，这才约略着直起身哆哆嗦嗦伫立在那儿。孩子套件过了膝的破夹克，晃晃荡荡的，鸡胸脯上裹件漏眼儿的长袖海魂衫。见老太太望他，竟俯身捡起块土坷垃扔过来，不偏不倚冲在她额头上。老太太倒是吭也没吭一声，只顺手摸了摸额头，又朝那土岗上望去。孩子不见了。

晚上，老太太蒸了锅馒头，干嚼了半个，就披了羽绒服拎了马扎坐院子里。夜晚的村庄静得早，偶有耗子钻垛草鸡闹窝，墙头儿似有野猫出没。老太太定睛瞅了瞅，拎了马扎进屋，打开戏曲频道，正演常香玉的《木兰从军》，忍不住把睡着的老鹅抱上炕，揽在怀里，摸它温热的羽，摸它冰凉的喙，再闭了眼细细听戏。须臾，过堂屋传来轻微的脚步声，侧耳听，倏尔没了，过了会儿，脚步声重隐约响起，老太太就问："谁啊？"话音未落已是一派沉寂。心想：这双耳朵，真是一天不如一天了。

晨起时，发现锅里的馒头少了几个。心想：不会是被野猫叼走了吧？出了院子，又想不起到哪里溜达，就念起了昨日那个野孩子，这么想着，吆喝了老鹅，慢慢悠悠朝土岗走去。她这院子靠村西边，离岗最近，不过三四百米，可若真一步一步量起来又无比漫长。想当年，她能一连串翻百十个筋斗云。

土岗矗在眼前时，她叉着腰大口大口地喘息起来。岗也不高，只不过人太矮了，岗也不长，只不过人的胸腹太窄了。土岗四周除了杂生的几株野榆钱，便是蒲公英，蒲公英密密麻麻洇成一片，远看仿若一块安静的黄金，近看则是朵朵小向日葵。鼻子里涩香之气渐发浓烈，她从兜里掏出枚榛子，嘎嘣嘎嘣嚼起来。人老了，牙掉了，馋虫还活着，吃了一辈子的坚果看来是戒不掉了。后来她想，何不去岗上看看？就绕到那条斜坡前仔细端详，这一看先就心虚。斜坡虽不是很长，却陡峭得很，别说是她，就是十五六的愣小子也会发怵。她断了念想，捶着腰眼慢慢悠悠回了家。

这一晚，老太太做的炸酱面。饭后照例躺炕上看电视。

说是看电视，不如说是听电视。眼皮子磕磕绊绊时睁时闭，只耳朵支棱着听胡琴声咿咿呀呀。待听到过堂屋传来吸溜吸溜的声响，这才骤然醒来，轻咳两声，声响就淹没在无涯的黑暗中了。她把电视声音调大些，轻手轻脚穿了鞋子下炕，猛一挑门帘，就见一团矮小黑影蹿到院子里。那晚夜空无月，她只瞅到影子晃荡着爬上矮墙，倏地一下就不见。转身将过堂屋的灯打开，却见剩下的炸酱面没了，只碗边粘了硬邦邦几根。似乎就明白了，如果没有猜错，这偷食的人，除了岗上那野孩子，大抵不会再有旁人了。心里难免嘀咕起来：这孩子是如何的一回事？为何吃不上饭？爹娘去做什么了？村里就没旁的亲戚了？便寻思有机会了，定要问问那“刘三姐”。

这“刘三姐”倒是好几日没来。听村子里的喇叭，好像麻湾村家家要签什么合同。自己这房子是租来的，倒也没往心里去。炕上坐了会儿，便又愣愣想起那野孩子的小眉眼，心格外绵软，竟隐隐盼起夜晚的降临了。翌日，未及晌午，老太太就盘算着晚上煮何饭菜。这几天不是干馒头就是稀面条，那偷食的孩子估计也吃不饱。思来想去，便要做“菠萝酱鲫鱼”。

小卖部里倒是有鲫鱼，可却没有菠萝，老太太就买了几根芹菜。芹菜味冲，又有股异香，虽不及菠萝，想必也不会差到哪里。回了家就刮鱼鳞剖鱼腹，将肠子肚子喂给老鹅。又将空鱼肚塞上姜片、葱段和豆瓣酱，才用铁锅小火炖起来。

这是个岑寂的午后，同往常一样，只听得细春风拂过老屋檐，只听得嫩叶拱出苍树皮，只听得邻居猪圈的约克猪懒懒呻吟……这样闲坐了很久，这才把火关了。光一寸一寸缩，夜一寸一寸长，她草草喝了碗稀饭，将过堂屋的灯打开，早早猫进被窝，照例看电视。

孩子又来了，先是锅盖碰锅沿的清脆声，然后是电饭锅被揭开的吱嘎声，再是不当心被热气嘘了手又不得不强忍着的哎呀声，饭菜入嗓猛然吞咽的咕咚声……最后，是窸窸窣窣的衣裤和门帘摩擦声。不过五六分钟，声音就消散在夜里，又是漫漫的静。她披上衣裳蹑手蹑脚踱到庭院。月亮大而黄，孩子正在翻墙，不晓得是如何了，这回翻了几次都没翻上去。后来，他从猪圈旁搬了块石头，探着身子踮着脚才够住墙头儿。怪的是他没立马跳过去，而是骑在矮墙上，双腿耷拉着呆坐了良久。后来，老太太看到孩子的肩胛骨在月光下一颤一颤地哆嗦起来。

老太太没敢惊扰他，默然看了片刻回房，靠着门闩愣神儿。

三

翌日清晨她便早早出门。老鹅在她身后摇摇摆摆尾随。

她知道村里有家小卖店，专卖冷鲜肉。那天，小卖部人倒不少，有人在扯成匹的帐子布，看来是村里有人过世了。老太太戴上花镜，观瞧半天，这才吩咐店主从猪背腿上割了一斤，而后带着老鹅回了家。中午时，忍不住一个人跑到土岗下坐了个把时辰。风比昨日暖些，吹得骨头酥痒，荒田里的紫云英被阳光照成一团紫雾。可孩子却没出现，她愣愣地盯了会儿野榆钱树，这才走了。及至下午，老太太切姜剥蒜，又配了红椒、桂圆、八角、茴香和十三香，用高压锅将肉焖了，肉香不久弥漫开来。

其间倒是有几个闲妇过来串门。她们有阵子没来了，进了屋先翕动着鼻子问："咋这香呢？"见是老太太炖肉，又夸她厨艺高超，接着喟叹起如今的儿子媳妇们，全是金贵命，虽然都是土里刨食的，却连饺子也包不好，年三十煮破了一锅，简直成了馄饨片儿汤。老太太只缩在炕脚听，一句话也不插。又听她们说："县政府的人来了七八次，看样子村子搬迁是避免不了的。"老太太这才问了句："村子搬到哪儿啊？干吗要搬啊？"她们的兴致就被勾起来了，哄嚷着说："麻湾和附近的周庄、夏庄，据科学家们检测，地下埋着大量铁矿。大量是啥概念呢？就是存储量位居全国第三。全国第三哪，可不是闹着玩儿的！这些人四五年前就来勘探，折腾了几年，据说明年就要动工采矿了，这不，镇上天天逼着签拆迁合同。用不了多久，麻湾就消失了，取而代之的，将是一个巨大的地下采矿场。”老太太咦了声问道：“你们搬到哪儿啊？没了田地，日子怎么过？”她们就扬着眉角嬉笑说：“我们巴不得搬到县城当城里人呢。钱嘛，不是有赔偿款吗？这世道，有了钱，啥都不用怕……”

可算是走了。老太太捶了捶腰，不禁去看锅里的肉。其实本想跟她们问问那孩子的事，可话到嘴边又咽了下去。这帮长舌妇，定会好奇她为何问询。何况，又何必非要知晓孩子的事？她跟他，只打了个照面，闲话也没说上过一席。他要是饿了，就来这里吃两口，填饱肚子；他若是有了下家，不再来偷食，自当没有这回事。老太太眯眼在炕上打起盹来。等睁开眼，天已大黑，蹒跚着去过堂屋看看炖的肉，明显是吃剩的。孩子吃了不少，看来很对他胃口呢。老太太竟有些隐隐的得意，方沉沉睡去。

次日早早就起来，栽了两垄韭菜。韭菜根是王静生送的，顺便捎了一粪箕子猪粪。这个远房外甥，跟她并不亲近，反倒有些罅隙。老太太也并不介怀，送了他一双自己绣的棉拖鞋。王静生接了，又闷闷地抽了一袋烟，这才趿拉着鞋转身离去。等外甥走了，老太太就坐到屋檐下晒太阳，晒着晒着有些恶心，想必是这几天受了风寒，随口吞了几粒药片，倒头睡起来。中间醒来几次，只觉得骨头酸软喉咙胀痛，喝了口热水又渐渐迷糊过去。其间闻得老鹅嘎嘎乱叫，想必是饿了来讨食，却没气力爬起来喂它。醒来时太阳已爬上屋檐，就拌了糠菜去喂，却发现老鹅没了。

这老鹅，跟了她十三年，是她从小区门口捡的。肯定是谁家的孩子从宠物市场买来，养得不耐烦随手扔掉了。城里的孩子，就是没耐性。她小心翼翼地把它揣兜里带回家。当初也只是小小一团鹅黄，睁了惊恐的眼动也不敢动，谁承想竟长成偌大一只呢。儿女们是极少来的，通常只有她和它，晨起去中山公园散步，中午吧唧吧唧嚼着青菜，听收音机里唱着老戏，傍晚呢，窝在沙发里打盹儿，半夜醒来时方将电视关掉，日复一日，年复一年。想说话了就和它唠叨两句，生气了就踹它两脚，它也不记仇，依旧影子似的随着她，贴着她，腻着她。

老太太难免心慌起来，颠着老寒腿在院子四周搜寻一番，仍没得踪迹。猛然想起那孩子，心就咯噔了一下。该不会夜晚来时不见吃的，索性将它逮走炖了吧？

那晚，灶冷灯灭，她早早在过堂屋候了，大气也不敢喘一口。果不其然孩子仍是来了。当他在灶台上翻寻时，她冷不丁一把就攥了他的胳膊。他的胳膊如此干枯，挣了两挣竟没有脱开。老太太随手开了灯，这才不紧不慢地问道："我的鹅呢？"

这倒是她与他头一次如此近地说话。他比前些日子似乎更细瘦了，有那么片刻，她竟怀疑他会不会被过堂风给吹走。他的眼也是红肿的，嘴角生了水泡。老太太又问道：

“是不是你把鹅偷走了？”孩子点点头。她想也没想就从他后脑勺扇了一巴掌：“是不是把鹅给吃了？”她颤抖着声音问。孩子又是点点头。老太太哎呀一声，顺势从锅台拎了把刷锅的炊具，撸起他的衣袖就抽打起来。抽着抽着便瞧见他胳膊上全是银圆大小的红斑，一圈连一圈，看得心里麻麻幽幽，索性撒了他，一屁股坐在灶台上，默默盯了他半晌，这才摆摆手说：“你走吧，走吧。以后不要再来了。”孩子一愣，却并没有动。老太太听他嘟囔道：“我奶奶死了……我杀了它祭祀……”老太太不再搭理他，转身回了屋子，和衣躺下。

这一躺就是两天。中间清醒时老太太想，该不会是大限已到吧？然而转念想想，死在这个叫麻湾的村里也没什么不好。这个村子，地上有棉花，地下有铁矿，也算是宝地了。迷迷瞪瞪间又觉得自己化了装缓步走上那戏台，不承想环顾四周，琴师未来，台下也没有一个人，竟怅然起来，旋而又自嘲，都这把老骨头了，竟还怕没人来听自己唱戏……

等再次睁开眼，不知屋里的灯怎么就亮了。侧身朝门外望，先看到炕沿上摆着副碗筷，碗里尚冒着热气。老太太爬起来张看，却是碗疙瘩汤，香油花浮着，白鸡蛋卧着，鸡蛋旁是几粒剥好的新蒜。老太太心里热了下，小口小口地吸溜起来。大抵是饿得塌锅了，虽然缺盐少醋，竟觉得格外香甜。就想：会有谁来呢，若是王静生或“刘三姐”，断不会悄没声地来了又走，看来，也只有那孩子了。定是他过来找食，见她卧床生病，这才煮了疙瘩汤。看她睡得香，又不忍叫醒，才将疙瘩汤放在炕沿上，睁眼就能看到。小小年岁，心眼儿倒是不少呢。虽然他将老鹅杀了，心里百般怨恨，可谁没办过蠢事呢？何况一个细脚伶仃、饥肠辘辘的孩子？她突然萌生起拜访他的念头。来了半月有余，她还没正式拜访过谁呢。老太太就拿了手电筒出了院子。

夜晚的村庄和白日的村庄，气味是不一样的。白日的村庄是属于动物的：属于槽子边的黄牛，属于圈里的约克猪，属于栅栏里的美利奴羊，属于篱笆里的凤头鸡、属于墙头儿的野猫，属于麦秸垛里的刺猬，属于草丛里的春蛇……那气味掺在灶坑里，掺在孩子的鼻涕里，掺在男人的尿液里，是重的、冲的、浓的、腥的、烟火气的；而夜晚的村庄则属于植物：属于韭菜，属于樱桃，属于桃花，属于榆钱，属于一切静默生长着的神灵，所以那味道是甜的、是淡的、是冽的、是澈的，是悄然入心入肺的……老太太走在夜里，骨头似乎也轻灵起来，平时十来分钟的路，只走了七八分钟。到了土岗才想起，那条斜坡太陡了，以她生锈的腿脚，白天攀爬上去已是不易，何况繁星漫天的夜晚？她悻悻地在岗下站了会儿，蒲公英的甜涩又隐约着扑进鼻孔。

还好，病又隔了一夜就痊愈了，上午接到了大儿子的电话。她没想到儿子会给她打电话。儿子说话向来简洁，他在电话里说："妈呀，你生日快到了，还记得吧？有个香港大公司的老板，做了你一辈子的戏迷，专门从香港飞过来，要给你隆重地庆祝一下，光赞助费就掏二十万。你过几天拾掇拾掇，赶快回省城吧。"

大儿子五十多岁了。他继承了他父亲的一切：暴躁、酗酒、打老婆。他早把她盘剥得只剩一具衰老的身体。每到发工资的日子，都会带兄弟来分钱，此后一月不见踪影。说她手头儿没攒下钱谁信呢？去年跌了一跤，路也走不了，孩子们谁都不吭声，也没带她到医院看治，如果不是几个戏曲学院的弟子出了手术费，她剩下的日子怕也只是瘫烂在床上。如今她好不容易偷偷跑到乡下，不承想还是被他找到。她轻声轻语地告诉他，她是不会回去的，她喜欢这个叫麻湾的村子，她要在这里老死。

"那你就死那儿吧！永远别回来！"儿子在电话里咆哮起来，"反正这辈子你的命比草还贱！有福也不会享！"

命比草贱……命比草贱……她的眼眶就湿了……

"老太太啊，发啥愣呢？"

她抬头，却是"刘三姐"推门进来。"刘三姐"手里捧着碗懒豆腐。"我用黄菜叶跟豆腐渣熬的，闻闻，闻闻，比猪肉都香！""刘三姐"边说边咂着嘴，"趁热吃了吧，世界上最好吃的懒豆腐，就是我'刘三姐'做的。"

四

那天晚上，老太太炖的清水排骨汤。喝完了汤，天方擦黑。她觉得有点儿热，就脱了棉衣在院里给韭菜浇水。浇着浇着，耳畔便传来谁家的收音机声。有人正在唱《春闺梦》，是张氏与丈夫王恢互诉衷肠那一场。听声音不是王缺月就是赵恒秋。毕竟是晚辈，功夫还是有些稚嫩。听着听着，她不禁将水桶缓缓放下，轻声轻语唱将起来：

去时陌上花如锦，今日楼头柳又青。
可怜侬在深闺等，海棠开日我想到如今。
门环偶响疑投信，市语微华虑变生。
因何一去无音信，不管我家中这肠断的人。

她恍然又站在偌大的舞台之上，金丝绒帷幕拉开，司鼓开始打倒板头，倒板头打完，胡琴声一响，满场肃静无哗。一瞬间，她仿佛就成了张氏，对着夫君埋怨。虽是埋怨，却是娇憨的、惊喜的、委婉的、意犹未尽的。她窃笑，她颔首，她掩面，她莲步生花……当她最后佯装拂袖时，她仿佛听到戏台下传来惊雷般的叫好声……

唯有墙边传来咕咚一声闷响，她才猛然梦醒，身子打个激灵，木木地朝墙边看去。这一看竟忍不住笑出声来，却是那孩子从墙头儿跌了下来。看来没什么大碍，他慌里慌张地拍拍身上的灰尘，这才怯生生凝望着她。

“你怎么又来了？”老太太沉着脸道，“你偷吃了我的鹅，这回又想偷什么？”

“我，我……”男孩儿诺诺道，“我只是来瞧瞧，你的病好了没有。那天晚上，你的头比开水还热……”

老太太眯眼看他。他就支吾着说：“我刚才在墙头儿听你唱戏……一不留神掉下来了，没吓到你吧……”

老太太这才走过去，摸了摸他的头，说：“以后不用爬墙头儿了，奶奶给你开着门。”

她领男孩儿进屋，给他热了排骨和米饭，盛得鼓尖才递给他。孩子大口大口扒拉着，她就问：“你爸妈呢？”“全死了。”“怎么回事？”“病死的……”“爷爷奶奶呢？”“爷爷早死了，奶奶……奶奶……”男孩儿哽咽着说，“奶奶前几天肺心病犯了……你那只鹅，我杀了做供品的……”“还有亲人吗？”“有个大伯……是个瘸子……”

男孩儿将碗筷放下，呆呆凝望着房梁。老太太说：“人是铁饭是钢，一顿不吃饿得慌。先把排骨都吃了。”男孩儿快速地瞥了她一眼，又埋头闷闷吃起来。他饭量委实很好。他总共吃了三碗米饭，排骨也啃得精光。

“以后跟谁过呢？”她仿佛问自己，又仿佛问孩子，“这么小，比火旗高不了多少……”

男孩儿就放下碗筷，径直往外走。老太太伸手拽他，他没动。老太太说：“你喜欢吃糖吗？柜子上的铁盒里有。有大白兔的，还有金丝猴的。”

男孩儿说：“我从来不吃零食。”

老太太撇撇嘴说：“哪里有孩子不贪零食的？”

男孩儿黯然道：“我爸妈活着的时候，也没给我买过零食。”

老太太叹息着说：“以后奶奶给你买……”

男孩儿瞥她一眼，嘟着嘴转身走了。不一会儿，老太太听到屋外关门的声响。这次，他不是翻墙出去的。

随后几日，男孩儿都过来共进晚餐，家里好像还没如此喧闹过。老太太特意让王静生打集市上买了张八仙桌，桌上通常是一凉一热。热的呢，是老北京菜，什么番茄腰柳啊，炸灌肠啊，砂锅狮子头啊，樱桃肉啊，都是最拿手的；凉的呢，无非是萝卜缨子、香葱、新韭，抑或小嫩菠菜，用酱油和酸酱细细拌了。两个人，就在炕上面对面坐了吃。孩子呢，通常只闷头扒饭，很少动筷子夹菜。吃一阵儿偶然抬头，老太太便往他碗里夹一箸菜，嘴上唠叨着：“十来岁的小子，吃穷老子。多吃，多吃。”孩子也夹了肉丁或腊肠，犹犹豫豫着往老太太碗里塞，老太太就笑。如果两人都不言语，屋内便只听得牙齿咀嚼食物的声响，不过声响又不同：老太太是细嚼慢咽，老牛反刍般半晌才动下嘴；孩子呢，则像猪崽抢槽子般呼噜呼噜，眨眼间一碗米饭就下了肚。老太太说：“你慢些吃，吃得太快，胃哪能受得了呢？可要当心，年轻的时候是人找病，老了啊，就是病找人了。”孩子仍是大口大口地吞咽，仿佛没长耳朵般。那一日，孩子忽然放下手中的碗筷，郑重地对老太太说：“我……我想求您个事……”

老太太故意说：“那可不行，你给我什么好处呢？”

孩子眼神就黯淡下去，老太太这才说：“好吧，我不要好处了，只要你拜我为师，学一出《红拂夜奔》就成。”

孩子仍垂着头，半晌才说：“我估计活不过明年了。要是我死了，您把我跟我爸妈埋一块儿吧。”

这话从一个孩子的口里出来，老太太一时就找不出合适的话来应答。孩子又慢慢说道：“坟就在岗上。我喜欢吃肉，到时候你给我坟头……放一块猪头肉就行了……纸钱呢，多烧些，我好给我爸妈买新衣裳……”说完了又继续埋头吃起来。

老太太就强笑着说：“你个兔崽子，小小年岁，净想些不着边的事儿，就是死，我肯定也在你前头。”

老太太面上挂着笑，心下却不时犯愁。孩子为何要说这番话？不像是睁着眼说假话，难道是得了什么绝症？又想，一个父母双亡的孤儿，如何安顿为好？虽说有伯父，看来也是薄情寡义的人，不然怎会让孩子孤身独住？只是个十来岁的孩子啊，按常理，晚上还赖在娘被窝里暖脚的。便寻思着去找村里的干部，好歹找个人家寄养才安妥吧？实在不行送福利院，也比夜里孤零零守着土岗强，也比被孩子们整日欺负强，起码不至于吓破胆，只到晚上才敢出来。

那天，男孩儿夜间又来，老太太炖了半只芦花鸡。刚把鸡大腿撕下放孩子碗里，“刘三姐”夹着团棉花就来了。“刘三姐”脸上本来堆着笑，愣眼瞅到男孩儿，突然一声尖叫，吓得男孩儿兀自撒腿就跑。男孩儿跑了，“刘三姐”还抚胸长叹，竟是副失魂落魄样。老太太乜斜着她，冷冷问道：“抽羊角风了吗？”

“刘三姐”说：“我的天亲啊，你咋敢让这孩子跑你屋里头？”

老太太说：“他又不是十恶不赦的人，我干吗不敢让他来？”

“刘三姐”捶胸顿足地嚷嚷道：“他可是个瘟神哪！你不知道，他爹妈出去打工，被人骗去卖血，得了艾滋病，去年全死了！艾滋病啊！你老人家可知道这是啥病？你还敢跟他一块儿吃饭！不想活了你！”

老太太茫然地瞅着“刘三姐”，说：“他爹他妈有病，跟孩子有什么关系？”

“刘三姐”急赤白脸地说：“咋没关系？！他妈怀孕的时候就得病了！这孩子生下就有艾滋病！”

老太太不再听她絮叨，开始收拾碗筷。“刘三姐”一把将碗筷夺过，顺势扔进垃圾桶，又匆忙提了垃圾桶快步出屋。显然，这个麻湾唯一的“女光棍”是被彻底吓着了。当然，麻湾唯一的“女光棍”被彻底吓着了，也就说明整个麻湾村被彻底吓着了。

五

老太太翌日起得晚。如若不是敲门声越发大起来，定会再睡个回笼觉。等她将门打开，倒不禁愣住。房北围站着七八个女人，有相识的，有不相识的，还有半生不熟的。见她迈门槛出来，都不约而同向后退了几步。老太太用手压了压发髻，她们又是碎步挪腾。很显然，她们都知道孩子的事了。看来“刘三姐”的舌头，也并不比她们的短多少。

那个清晨，这帮子妇女围住老太太，七嘴八舌问个没完。譬如，他何时开始到她这里蹭饭的；譬如，他吃过之后的碗筷，她是否用开水烫过？譬如，他有没有跟她讨要钱物；譬如，她以后是否还会叫他来吃饭？显然，她们最关心的还是末一个问题。

老太太目光漠然地越过她们，扫到了房前一棵梨树。梨树也是素白，不过却比樱桃多了分莹润。女人们仍喋喋不休，仿佛她们若不是如此这般盘问她，倒真是对她不起。她后来实在有些厌烦，就说："我筋骨有些受风，要去屋里好生静养一番，你们还是各自忙各自的去吧！"

女人们怔怔地盯着她看。她连个招呼也没打就关门回屋。站在过堂屋里，耳边还响动着她们嘈杂的议论声。

待到日悬中天，老太太又去了土岗。空中飞着乱柳絮和蒲公英，老太太不停打着喷嚏。这样行到岗下，又歇息片刻，这才一点一点向上爬。爬了没几步就腰酸腿疼，寻思寻思又径自下坡，仰头朝岗上望去。

男孩儿就站在岗上俯视着她。他只穿了那件漏眼的海魂衫，细瘦胳膊支棱着。他看她一眼，她看他一眼，谁都没有说话。老太太哎了声再去瞅他，他仍站在那儿，犹如刚从泥土里钻出的豌豆苗。他的瞳孔与眼白，倒如昼与夜般泾渭分明。

"你下来，"老太太朝男孩儿摆摆手，"以后别住这儿了，搬到奶奶那儿。"

男孩儿猛地摇摇头。

"别怕。七十三、八十四，阎王不想小鬼至。我都这把年纪了，还有什么怕的？我都不怕，你还有什么怕的？"

男孩儿仍是摇摇头。

"你晚上想吃什么呀？奶奶给做砂锅白肉吧？"

男孩儿转身就跑了。岗上又空旷起来。

看来，这孩子是怕连累她，没准儿这次，恐是最后一次见到他了。老太太蔫头耷脑回了家，捂了棉被静躺。晌午刚过，王静生就来拜访了。王静生来了后并未言语，先是在炕沿上默默卷了支旱烟，咳嗽着抽完才去瞧他姨妈。他姨妈这才从被窝里钻出来，盘腿坐在炕席上。王静生说，关于她跟孩子的事，他听别人说了。别人呢，也没啥恶意。以前他跟父母住岗上，跟村人不怎么来往。去年他父母病死，剩他一个，都是他奶奶送粮送水。前几天他奶奶死了，还有个伯父。可这伯父是他奶奶的养子，打最初就跟他父亲不和，又是个瘸子，看来指望不上。孩子的病不是好病，别人才不敢跟他往来，怨不得别人。老太太就别瞎掺和了，省得别人戳着脊梁骨说闲话。“姨啊，你这辈子，”王静生顿了顿说，“听到的闲话还少吗？”

这倒是老太太搬到麻湾村以来，头一次听王静生讲这么多话。王静生说完，又卷了支旱烟抽起来。老太太这才转过身说：“回去吧静生，我有分寸的。”

王静生就趿拉着鞋走了。

那晚，老太太做好了饭菜，孩子却没来。老太太看着桌子上的卤煮和油条，一口都吃不下。八仙桌就在炕上摆了一宿。半夜老太太睁开眼，盼着那饭菜已被孩子吞咽得精光，不过，油条仍硬邦邦躺在笸箩里，盛卤煮的碗已凝了一层油。叹息一声，却是怎么都睡不着了。

村主任是头午来的。这是个有点儿驼背的中年人，面目红肿，穿双皱巴巴的皮鞋，一说话嘴里就喷薄出酒气。他先自报家门，而后一屁股坐到炕上。他说，他本来早该拜访拜访老太太，可他实在太忙了。他可能是世界上最忙的村主任了，不是他能干，而是他必须能干，谁让他们村地底下有铁矿呢？这个村子不起眼，却埋藏着大把大把的金钱。县里让他们年底前全部搬迁，可要让这帮庄稼人离开住了半辈子的窝，倒真是费力不讨好的事。他忙呀，比奥巴马还忙，这才没顾上那孩子。再说了，孩子有毒，人还是少接触为好。“他的事你就别操心了，”最后村主任打着哈欠说，“我跟书记会解决好他的事。如果有问题，也只是时间上的问题。”

老太太哦了声。村主任似乎很满意，又说：“你要是有啥困难，尽管跟我说！我虽然不是骑马的架鹰的，可毕竟还是一村之长嘛。”

老太太笑了笑。

村主任前脚走，老太太后脚就出了门。她手里端着个铝盆，盆里是五六个大馒头。出了院门，村主任赫然就堵在门外。他皱着眉头瞥她一眼，又瞥了瞥馒头，铁青着脸说：“真是个老古董。你没长耳朵吗？嗯？拿我说话当放屁吗？嗯？”

老太太没吭声，径自朝前走。村主任一愣，随即吼道：“站住！你给我站住！”老太太仍是走自己的。村主任三步并作两步过来，一把扯住她衣襟，“你给我回去！回去！不是说了吗？没你的事！”

老太太站在那里，一声都没吭，只默然眺望着远处的土岗。

六

儿子是第二天上午到的麻湾。

他是坐夜车来的。省城离麻湾不过一千四百里，可除了火车还要倒三次长途汽车。他腋下夹个皮包，走起路犹如身后有恶鬼追赶一般。他连问带打听地找到王静生家，让王静生带他去找老太太。王静生让他连弟喝口水，也被断然拒绝了。看来他真是有十万火急的事。王静生领了他穿街过巷，到了老太太住处。铁门四敞着，院里栽着韭菜、菠菜和萝卜秧子，一群花腰小蜂在阳光下嗡嘤着飞。还有几棵樱桃树，花期已过，葳蕤枝叶上顶着几枚枯花蒂。他们悄悄进了屋，老太太正在炕上收拾皮箱，见了儿子，只是茫然地点了下头，然后继续把衣裳一件一件折叠好，再放进散发着樟脑味的箱子里。

儿子似乎就放了心，擦了擦额头的汗水说：“唉，我真是白着急了，原来你已经准备回去了啊？”

老太太看他一眼，将皮箱拉链拉好。儿子埋怨道：“你的手机也不开，不开你拿它干什么呀？我昨天找了你一天，都是关机。”又瞅一眼王静生说：“你们家也是，好歹安装个电话啊，有个大事小情的多不方便。是不是？”王静生就赔着笑脸点头称是，又说姨妈住这里的日子，自己照顾得不是很周全，还望见谅。两人又闲聊几句，儿子才对老太太说：“你最近还好吧？这个礼拜日就是你寿日，香港的李老板星期六就飞过来，饭店呢，就定在‘凯撒大酒店’。毕竟是李先生面子大，省电视台的还要全程录像呢。快回去吧，窝在这个兔子不拉屎的地方干吗？”

老太太将皮箱从炕上往下拎。拎了几次都没拎动，王静生赶忙伸手接过来。儿子继续唠叨道：“破鞋烂衣裳的还要它干吗？给静生老婆好了，人家伺前伺后也不容易。”王静生连忙说，他老婆是个胖子，比母熊还肥，姨妈的衣裳肯定不合身。儿子说：“算了算了，我们快走吧，出租车司机还在村头等着呢。我们直接打车去市里，好歹还能赶上下午的火车。”

三人就往门外走。王静生帮老太太提着皮箱。等出了大门，老太太把皮箱从他手里接过，抽出拉杆，拍了拍他的肩，就朝土岗那边走去。王静生咦了声，忙扭头看他连弟。他连弟已然将他们拉开五六米，王静生又狐疑地去看老太太，嘴里喊道：“姨妈！姨妈！走错了！”老太太没应答，王静生只得又朝他连弟喊：“彦春！彦春！彦春！”

儿子这才扭头，蹙着眉朝老太太喊：“妈！你糊涂了啊，出租车在村东呢！”见老太太不语，声音就又挑高些。他嗓门儿本来就粗大，这下倒真像是用喇叭喊话了：“回来！往这边走！回来！往这边走！”老太太大抵聋了，只顾弯着脊背迈着碎步拉着棕色皮箱一步一步朝前走。儿子大概在王静生跟前有点儿上火，他小跑着过去，一手按住皮箱，另一只手死死拽住她衣角，晃着她身体喊道：“妈！你傻了啊！这是去哪儿啊?！怎么连东南西北都分不清了！”

老太太这才回身默默注视着儿子，儿子虚胖的脸上全是汗水。儿子身后是王静生，王静生身后则是些街坊邻居，“刘三姐”也伸着脖子缩在人群里，几度想踏上前来，又都犹豫着退回去。

他们若即若离地环在左右，仿佛是专门来看热闹的。老太太一把甩开儿子的手，继续拉着皮箱西行。儿子倒也不敢再造次，只得跟在母亲身后边走边絮叨：“人家可是给了赞助费的！不瞒你说，说是二十万，其实给了五十万！图个啥?不就图见你一面，听你唱两句《春闺梦》和《锁麟囊》。人家拿你当宝，你可不能把自己当宝，傲气值几个钱呢？”

如果有人从土岗上俯瞰，便会看到一行人以一种奇怪的姿势迤逦前行：最前面是位拖着皮箱、满脸皱纹的老太太，后面是两个神态疲惫焦虑的中年人，再后则是稀稀拉拉、端着胳膊嗑瓜子的闲人。老太太走了好一阵儿才到岗下。她再次转过身看着儿子，看了会儿，方才叹息道："回去吧，你。听话啊。"儿子哭丧着嗓子喊道："那你呢？你这是去哪儿啊？"老太太伸手擦了擦他额头的汗，扔下皮箱径直朝坡上走去。

这条坡不长，但是陡，长满了蒲公英和矢车菊。老太太曾在土岗下徘徊多次，却从未真正上去过一回。她深吸了口气，这才徐徐弯下腰身，晃晃悠悠往上爬，爬了没几步就有些气喘，冷不丁一个趔趄，险些就栽倒滚下来。众人在坡下不禁一阵儿尖叫，她听到儿子劈着嗓子喊道："妈！下来！快下来！这唱的哪出戏啊？"她装作没有听见，只是将腰俯得更低，胸腹几乎就要贴上地面，手里抓住花草茎叶，身如脱水的弯狗虾般一拱一拱朝坡上蹭。当眼前蓦然出现一只瘦骨嶙峋的小手时，她不禁抬起脖子瞅了瞅。男孩儿就站在她上边，他还穿着那件海魂衫，小脸大抵有几天没洗了，灰头土脸的。她就慢吞吞地说："没事儿，别管我！"嘴上这么说着，手还是颤颤巍巍伸过去。当孩子冰凉的小手紧攥住她榆树皮似的掌心时，老太太身上忽就有了气力，手脚在瞬息都热了起来。有那么片刻，老太太确信双腿其实就踏在棉花般洁净干燥的云朵里，每向上微微跨一小步，就离天空和星辰更近了半尺。

安葬蔷薇

把声音压得再低再低，像谈论一个死去的孩子。

——阿尔贝·萨曼

走出医院昏黑的甬道，阳光就那么着打花了眼。他母亲转身对丁兰的姨妈说：“你知道哪儿有合适的地方吧？”丁兰姨妈就住医院附近。

他母亲手里拎着卷青稞纸，布满老人斑的手背青筋突兀。他忍不住再次瞥了眼，那些粗粝的纸打着卷，没人知道里面包裹的是什么。他眼睛有点儿刺痛，也许昨夜的啤酒仍在血液里暗涌。“医院南边有片麦子，麦田旁边倒是有块闲置的空地。”丁兰姨妈急促而含混地回答，她是个哮喘病患者，说完后呼噜着搭讪，“以前是荷花坑来着，水干了，藕抠光了，就成了闲地。”

他似乎是第一次来到小镇。他盯着一个穿运动服的男孩儿，嘴里叼着半只苹果，贴着墙壁练习倒立，而那个小镇著名的疯子，仍在十字路口象征性地指挥着交通。“你快点儿。”他母亲催促道。母亲，丁兰姨妈，还有弟弟，已经朝医院的南边走了过去。母亲走在最前面，她走得慢条斯理。弟弟走在最后，眼眉蹙着，他是个演员，前几天刚从北京回来。

清晨见到丁兰时，她蜷在病床上，像只脱水小兽。愣眼扫到他，她河马般宽阔的嘴巴紧张地翕合着。片刻，她才仿佛真正认出他，羞涩地笑了笑。他的吃惊慢慢变成了愤恨：她竟然还能笑出来。他压着嗓子嘟囔道："你好些了吗？"丁兰母亲连忙请他放心："丁兰命大，没受大苦，折腾得不凶，毕竟孩子还小。"

母亲边走边不停回头瞅他。他的嘴唇不停颤抖，头颅被层层纱布勒裹着。当她把青稞纸拎起时，她认为他会讲点儿什么，但他只是恐慌地盯着那卷青稞纸。她叹了一声，她的叹息让病房里所有病人将目光甩到他身上。邻床的丈夫踱步过来，无疑这是个富有同情心的警察，他弹出根香烟递给他。他摇摇头，那个警察就拍拍他的肩膀，自己点着了。

现在他跟在他们屁股后面散漫地走着。路过一家日杂商店时，丁兰姨妈跟一个身材臃肿的胖女人嘀咕着耳语。后来她从胖女人手里接过一把锈迹斑斑的钢锹。他母亲就在这时小跑着奔过去，把锹揽进自己手里。她扭过头，凝望着他。

他们三个远远地等着他。他母亲本来打算今天去人事部门办理退休手续。这些天她一直在为这件事情奔波，如果能在下岗前办好退休手续，她将每月有二百元退休金，这些钱对她至关重要。她对下岗的恐惧证明了她的衰老是迅速的：眼角堆砌着松弛的肌肉，瞳孔幽深，唯独唇线耷拉时才显露出冷酷的神情。当儿子把钢锹默默从她怀中抽过去时，她发觉了他眼里似乎闪烁着亮斑，她用严肃的声音低声训斥道："别给我哭，你要是男人就别给我哭。"说完她把目光移向南方。南边的麦田还有段距离，"这有什么大不了呢……"她喃喃自语道，"这对你构不成威胁，你还这么年轻，"她的声音随即柔和起来，"你不一直是个有主心骨的男人吗？"

对母亲的话他没有应答。"你的章程这么硬！可这有屁用！"他母亲曾恨恨地教育他。那次是因为他和丁兰的事情让母亲伤心。他和丁兰处了六个月后，母亲希望他们结婚，可他毫不犹豫地拒绝了，"我和她现在连手都没牵过，"他争辩说，"和一个连手都没牵过的人结婚，这……不合适吧？"

其实他和丁兰是大学同学，丁兰比他低一届而已。那时的丁兰体态丰腴，衣着朴素，走起路来像只懵懂的企鹅。他和她虽是同乡，却无特别印象。唯一的那次，是他从"梅里美"激光影院出来时，碰到了她和她的几个同学。他寒暄着问她："你觉得电影怎么样？""很好，"她盯着地面说，"我喜欢阮玲玉，可她干吗自杀？"他说："是吗？""是啊，"

她倾斜着身体说，“她死得真不值。”他含混不清地回答道：“是的，悲伤的人性。”显然她对他使用“人性”一词很诧异。她不知道他那阵儿正好爱上了《查拉图斯特拉如是说》，满脑子不切实际的哲学。后来他借故说买包香烟，于是丁兰和她的同学们先走了。其实他什么都没买，那天刚好飘着零星小雪，他目视着她矮小的身影被路灯拉得极为纤细羸弱，投射到肉乎乎的雪地上。他决计没有料到，若干年后，他会和她结婚，而且，和她生一个孩子。

已经回忆不起，他最终为何答应了母亲的建议呢？他的默许无疑令母亲开心不已。她给他倒了满满一杯啤酒，买了半斤护心肉和一只过了保质期的坛子烧鸡。他的瞳孔在啤酒泡沫里荡漾，在那一刻，他恍惚想起了那场电影……那场暧昧的雪色……高脚路灯……以及那个喜欢阮玲玉的女孩儿。

那个女孩子如今躺在病床上，成了一位母亲。她分娩了。那个满脸雀斑的小护士抱着孩子走到她身边，问她是否看一眼，她把头扭到一旁，坚毅地、冷冷地回答道：“不。”这个细节是他母亲不经意间告诉他的，这更加剧了他对她的憎恨。她竟然连看孩子的勇气都没有，他觉得她没有资格当母亲。他甚至有个奇怪的念头，等她出院后，他们就离婚。是的，离婚……他木木地找母亲。不知不觉中他已把母亲抛在身后。他的目光又停滞在母亲手里的那卷青稞纸上……他的心尖锐地痛了下。

弟弟的身影正离他们越来越远。他甩掉手中的香烟，一声不吭地扭头回走。弟弟这次回家，本是说带女友见母亲的。他打电话吩咐，让母亲为他准备间干净舒适的房间："就是给我准备个洞房。"他在电话里的口气让他母亲觉得他总算衣锦还乡了，顺便给她捎回个漂亮儿媳。"她做什么职业的？""模特！""多大了？总不会七老八十吧！哪儿的老家？""我说你还查户口怎么着？"他略带京腔的不屑口气让母亲隐隐兴奋起来，好歹也是影视界的腕儿了啊。可让母亲失望的是，他只是把自己带回了家。当他用脚踢开房门时，他们看到了一个套着圆领汗衫、神态离索的男人。总之，这个所谓的著名演员，怎么看怎么不像电视剧里飞檐走壁的大内密探。

昨天晚上他和几位私企老板喝酒，故意没有带手机，他很纳闷儿丁兰竟然能找到酒店的电话。他总是低估她的嗅觉能力。去年冬天，他和一帮朋友猫在一家啤酒厂的车间喝酒，她竟然把电话打到车间。她能有什么事情？她总是在他喝酒时打扰他，叮嘱他早点儿回家，或者不要喝多了。在众人喧哗的酒令声中，他听到丁兰抑郁地呻吟："你快点儿回来……我很难受，你把我送医院去吧……好不好？"

他和丁兰婚后两年都没要孩子。开始时他们采取了繁复的大众化措施：气味纹路型号颜色千差万别的劣质避孕套。经常是在套弄那东西时，他的欲望突然就急速而滑稽地消退了。这浪费了他不少时间，而丁兰塑料模特一样僵硬地绷直身体躺在席梦思床上，眼睛注视着房间的屋顶。后来他们干脆采取了更为保险的安全措施，他逼迫丁兰疯狂服用避孕药。她每次似乎都极不情愿地把白色药片塞进嘴巴，咕咚咕咚灌着凉白开。有一次他窥视到她的眼角沁出潮湿的液体，他犹豫着搂住她，妄图通过怀抱给她些实质性安慰，然后他听到她轻声地念诵："我们干吗不要个孩子呢？我想要个孩子……"他沉默着把她扳倒在床上……最后时刻来临时，他总是果断地抽离她的身体。这种不必要的行为被丁兰发觉后，她小声抽泣起来。他只好改变了这种似乎孕育着背叛味道的抽离。"也许我们真的该要个孩子了，"他那时经常神情恍惚着劝诫自己，"不然丁兰都患抑郁症了。"

孩子是什么时候怀上的呢？他们在幻想要个孩子后，开始有计划地做爱，为了操作更具有指导性，他买了一本六百页的《新婚大全》，把那些关于女人生理的经典条款背诵得滚瓜烂熟。后来，他甚至能准确地推算出丁兰的经期、排卵期和生理高潮期。但半年过去，丁兰的肚子还安静着，他开始对自己的生育能力产生了怀疑。某个春日下午，他偷偷去一家疑难诊所看医生，把一管白色的浆液递给化验师时，他有点儿紧张。后来那个长着两颗臼齿的医生冷冷瞥他一眼说："你的精子比蝌蚪游得还活泼。"他方才放心。那么原因有可能在丁兰了，但他没有对丁兰提示什么。之后他们的夫妻生活开始懒散，有一个月他们甚至一次也没做。那么孩子是什么时候诞生的呢？这时他所熟悉的女人生理知识似乎变成一堆垃圾，而孩子在子宫里柔弱的心跳也是个暧昧的话题了。总之当丁兰从厕所里出来，把验孕试纸微笑着递给他时，他看到了纸上浅红的波浪。他无所谓地点点头。

很多个夜晚，丁兰熟睡后，他偷偷掀开丁兰的睡衣，手指像昆虫那样爬过她隆起的腹部。那个孩子似乎在回应着他小心谨慎的动作，在他的手指漫过的部位，悄然而好奇地涌动着。他越来越相信，那个莫名其妙来到女人子宫里的孩子，正仿若一朵秘密花朵，伸展着甜美、脆弱的花瓣。

抵达麦田之前，他们经过了一个垃圾场。这是个标准的垃圾场，一股恶臭弥漫着，呛得丁兰姨妈刺猬似的咳嗽起来。她用手捂住鼻孔，忧心忡忡地说："政府啥时候能把它搬到郊外呢？"后来她若有所思地看着他母亲。他母亲轻声地询问道："什么？"

"很多人家把小产的婴儿扔在这里呢。"她说。

"是吗？"他母亲问。

"是啊。"丁兰姨妈说，"孩子死了知道什么啊，扔哪里不是一样？"

他母亲蹙眉看她。在医院时，丁兰母亲就建议把孩子扔进医院的垃圾箱，她没有同意。她把孩子裹得颇为严实，可孩子的小脚还是支棱着露出来。她抚摩着孩子的小脚，孩子虽然没有呼吸了，但软软的脚丫还温热着，像新酿的蒜瓣一样白生生的。孩子的脚大，她儿子就是大脚。

很明显，他听到了两个女人的对话，他的身体似乎哆嗦了一下。

“这里有野猫吗？”他母亲问丁兰阿姨。

“有啊，”丁兰阿姨说，“多着呢，春天的时候都来这里叫春。”

“野狗呢？”

“野狗也不少。野狗最喜欢垃圾场里的肉骨头。”

“我们走吧。”他母亲叹息了声，对丁兰姨妈说，“我们走吧。”说完她去看儿子。他已经迫不及待地朝麦田行进了。他走路快，像竞走运动员那么快。有时候，母亲会懊悔地想，如果打小让他去练竞走，没准儿他早成奥运冠军了。当个奥运冠军，无论如何，都比当个普通的公务员强吧。

他母亲和丁兰姨妈距离他越来越远。他是个步伐很大的人，他和丁兰不冷不热谈着恋爱时，他走路的姿势很大程度上阻碍了他们的交流。他身材高大，丁兰身材瘦小；他无论什么时候步行都像是在参加竞走比赛，而丁兰走路时似乎总在思考些单纯的问题（她最喜欢的书是卡尔唯诺的《意大利童话》，她似乎相信这世界上有魔法戒指，有吃不厌无花果的公主和靠喝风活着的王子）。他们总是一前一后走路，有时为了调节气氛，他故意将步伐放慢，这样丁兰跟上来时，她脸色潮红，感激地瞥他一眼，仿佛他已经为她做出了重大牺牲。更多时候，他们散步时像两只忧郁的花栗鼠，各不相干、神态冷漠地走着。他从小儿走路就快。无论做什么事情，他都想拿第一。他天生是个要强的男孩子，这相当可笑，除了功课拿第一名，他的体育课、音乐课以及美术课也都是满分。他和弟弟不一样。弟弟长得像条瘦弱的虫子，每次挑苹果的时候总是说："哥哥你先挑。"等他拿完了，弟弟就说："哥，我要你挑的那个。"在弟弟眼里，别人的东西总是最好的，这和多年后的他判若两人：他辞掉了律师事务所的职务，跑到北京去做什么狗屁演员。他在京城混了五年，也只是在一部古装剧里饰演了一个弱智的大内密探：他爱上了那个专横跋扈的格格，最后还为她自杀未遂。

荧荧是唯一一个嘲笑他的女孩子。她那时总不屑一顾地嘲笑他："你是个可怜的孩子。"她是个喜欢叶芝的小布尔乔亚女孩儿，"可怜的孩子，上帝恩宠。"她使用"孩子""上帝"一干词让他羞愧不安。上大学时他们开始频繁地通信。他在大连读税务学院，她在西安读一所民族大学，学的是藏语。他搞不懂她干吗学藏语。在他印象中，西藏是个神秘之地：布达拉宫、喇嘛、牦牛、朝圣者、雪山、完美的法器……但他不明白这和荧荧有何关联，而毫无疑问，如果不出意外，荧荧毕业后将被分配到那里，做一名中学老师。很长一段时间，他把西藏隐隐当成了自己的敌人：它会把荧荧掠夺走，从实质上打击他。他们的通信从本质上讲，也是克制和节俭的行为。孩子们，互相描摹着彼此的城市，不痛不痒地抒发着对大学生活莫名其妙的忧伤。

1995年冬天，荧荧在来信中提到，有个男生追求她。“我和他喝了点儿酒。只喝了一点儿，他就喝多了，说，他爱我，他用筷子拼凑了一个‘爱’字。我觉得他是不成熟的男人。我不假思索地把筷子拆掉，”她写道，“我对他说，我承担不起这个字。”对她的来信以及在信中描述的事情，他马上做了回复。他对她说：“冬天这么冷，找个男朋友也不错，红泥火炉话春秋，总比一个人挨暖和。”于是在下封信中，荧荧说，她和那个男生看了两场电影，吃了一顿“肯德鸡”，她问他是否想看看她和那个男人在大雁塔下的合影。

“她在等我说什么？她以为她在折磨我吗？”他想，“我不会上当的，我比她聪明。”

等他们毕业，如他所猜度的那样，荧荧去了西藏，那个地名很古怪，叫“昂查开库”，这名字念起来有种异域气息，更像是某个北欧小城的名称。毕业前夕，荧荧给他邮寄了盘磁带。他很失望，她只是用藏语唱了很多支歌，他一句也没听懂。她干吗唱些他听不懂的歌？而他回了老家，在家行政单位做了名小公务员。四年了，他们再没见过。他们知道对方都结了婚，而且荧荧已经有了个藏族血统的儿子。电话也不好打，他想：是西藏的那些雪山和有灵性的语言，阻隔了那些真实的信号和电波。

昨天丁兰打电话之前，荧荧给他的手机上发了条短消息：

我已回唐，明天上午九点，新华电影院见。荧荧。

这则短消息让他在喝酒时压抑住了兴奋。本来他是个喝酒很疯的人，可他不想明天和荧荧会面时，仍是个昏昏欲睡的醉鬼。

他母亲和丁兰姨妈气喘吁吁地追上他时，他已经在那片麦田的旁边稳稳站立。疯狂的麦子流泻着灿黄，肆无忌惮地涌至天尽头。他不知道他神情抑郁地走路时，马路上的行人好奇地乜斜着他：他们盯着一个头裹纱布、手攥钢锹的男人行色匆匆地朝着麦田行进，身后尾随着两个土拨鼠似的老女人。他又想起了在医院时丁兰的眼神，当她看到他时，犹如一尊蜡像，她的眼神是渐渐暖和起来的，那种她惯常的羞涩和不安开始复苏。她的眼神总是像野鸽子那样怯怯地不安。他一直固执地认为，那是一个人缺乏自信的表现。他那时还不相信她早产了，他们的孩子没有在预定时刻降临，而是提前了四个半月。这么想时他的眼睛潮湿了。

昨晚接到丁兰电话后，他从饭店的楼梯上咚咚地往下奔跑起来。摩托车路过“花无缺”书店时，面部烧伤的店主喊住他：“你的《弗兰德公路》来了！”他点点头，无暇顾及，慌乱中把那本书扔在摩托车的底座上，后来在他摔倒的时候丢失了。他是在拐弯时摔倒的，摩托车从他身体下蹿出去，他蟾蜍一样蜷趴到柏油路面。他的下巴就是那时摔伤的，血蜿蜒着从上衣流淌至裤子，他整个人看起来血糊糊的，像个屠宰场工人。赶到家时，丁兰已被她父亲送到了医院，丁兰母亲看到女婿鲜血淋漓地站到面前时，哑巴一样张大了嘴巴，而他只是颇为冷静地问道：“孩子呢？孩子没事吧！”

到医院时，丁兰已检查完毕，那个妇产科的女医生是他初中同学。他把她拽到一边。她是个戴眼镜的姑娘，她的眼睛透过镜片有种破碎感，“我只能告诉你，”她冷静地说，“孩子可能保不住了。她子宫里连一滴羊水都没有了。”

他只是觉得这件事情很荒谬，从本质上讲更像是个劣质玩笑。他强装镇定地问：“不可能吧？你可别吓唬我。”这几个月丁兰一直保养得很好，没磕过没碰过，他不信她会莫名其妙地把羊水都流干净了。女医生显然有点儿不知所措，她斟酌着说："你，你去叫你妈，我有话和她商量。"

母亲现在已经站在他身旁。他们在麦地的田垄上静默着。母亲蹲下，把卷裹的青稞纸轻柔地放在草地上，"你有火柴吗？或者打火机？"她柔声问道，"有没有？"

他恍惚着摇摇头。丁兰怀孕后他就戒烟了。他有六个月没有吸烟了，当时他把所有的香烟全赠送给了科里的老马。老马是个烟鬼。

"你先等着，我去买火柴。"他母亲转身对丁兰姨妈说，"你先琢磨个好地方。"

他听出他母亲的声音有点儿哽咽。那卷青稞纸就安静地躺在那里：青稞纸卷裹的是他的女儿，是的，他的死去的女儿。他女儿产下十分钟后就死了。他女儿活着时他没在医院。他没有想到她这么快就降生。昨天晚上他们只是告诫他，这个孩子不能保了，"你们还年轻，再要个孩子也很容易的，"医生说，"如果打保胎素的话，我们不敢保证这孩子将来是否健康。你自己定个主意。"他一个人缩到墙角，默不作声。再后来他扶着墙角呕吐起来。一个小护士走过来，对他说："要吐吐到厕所，没见过你这么没教养的人。"他盯着她托盘里的体温计、针头、药水、酒精，咧嘴笑了。

母亲买火柴回来了。母亲脸上的皱纹在阳光下伸卷着，仿佛秋末苍白的波斯菊。本来他想在她回来之前，打开那些青稞纸，看一眼自己的女儿。是的……他的女儿……他死去的女儿……那时丁兰羸弱的姨妈正在田垄里寻找墓地，即便他哭了，也不会有人看到，可母亲这么快就回来了。昨晚是她劝他回家睡觉的，“你待在这里做什么？又没有床位，我和你岳母在这里守候着就行了，回家睡吧，”她抚摩着儿子的头发说，“回家睡吧，啊。”今天早晨他赶到医院，丁兰已经产下了他的女儿。他当时没有留意到病房门角那堆青稞纸，纸里卷裹的，就是他的女儿……他的女儿被泛黄的青稞纸卷裹着……女儿……女儿……他母亲告诉他，孩子已经很大了，“小脚丫这么长，肉乎乎的。”她极力把孩子形容得更丰满些，可却不清楚她儿子根本没注意她的手势。

“你挖吧，”他母亲说，“你把坑挖在这里，”她指点着田垄上的青草说，“这里水源肯定旺盛，孩子会睡得更安稳些啊。”

上午的阳光暴戾地射击着涌动的麦浪。他开始挖坑，“挖得深一些，”他母亲说，“让孩子把手脚伸展开。”

他很快把坑挖好了，他母亲试探着把孩子放进去，“还是有点儿小啊，”她说，“你难道不能挖得深一些吗？”

就在这时，他的手机响了起来，那种刺耳的“零零”声让两个女人皱了皱眉头。他捏着手机溜了眼号码，他突然想起了和荧荧的约会。已经九点半了，荧荧一定等着急了。他把手机关掉。他恍惚着想起了那盘毕业前她送的磁带。那次酒后，朋友们谈起了情人的话题，有人叫嚣着嚷："欧阳这么帅，连个马子都没泡到！做人真失败！"当然他真醉了，他想起了那盘多年前的磁带，"这是个女孩子唱给我的歌，你们说，她算不算我情人？"在朋友们的哄笑声中，他负气似的翻出那盘磁带，"不信你们听听！听听吧你们！"接下去他蜷在沙发里，一个女孩子的声音，开始在多年后的房间里流淌。大伙儿都沉默了，后来有个人说："你的话没错，她都这么露骨地表示了，你要说你没和她上过床，打死我也不信！你知道她唱的什么吗？"朋友盯着他说，"这女孩儿，在这么长的带子里，用不同的曲调只重复了一句藏语：我爱你。"他当时愣住了。这样的情节，仿佛只有在蹩脚的爱情小说或者煽情的电影里才会发生，然而现在，却真实地发生在他身上了……他终究没有她聪明……可是现在……我在埋葬我的女儿，他隐约地想，有什么比埋葬夭折的孩子更重要的事情呢？他的眼睛倏地红了。他母亲吩咐道："你……先站一边吧。"

他走到一旁，他从来都听母亲的话。母亲一直骄傲地相信，他永远是个孩子。她从来搞不清，这个曾经栖息在她子宫里的男人在想些什么。他闭上眼。他没有看他的母亲埋葬他的女儿……灼热的阳光在眼皮上惶惑着碎舞……他把手伸进裤兜里时，摸到一团柔软的东西，他以为是昨天擦拭伤口的手纸。当他睁开眼睛，他看到了一朵枯萎的蔷薇。他以为那是团沾满血渍的手纸，可无疑这是一朵蔷薇……一朵蔷薇……我什么时候把它放进裤兜里的呢？他极力回想它的来处。后来他恍惚着想，是的，他确实往裤兜里放了朵蔷薇。昨晚回到家里时，他曾在庭院里站了会儿，葳蕤蔷薇的芬芳让他略为清醒片刻，他就是那时把这朵蔷薇塞进裤兜的。当时他亲了亲蔷薇，因为黑暗，他看不到它的颜色，他嘀咕了句："上帝，保佑我的孩子平安无事吧。"然后就睡觉了。他从没信过上帝，可是那时上帝在他眼中盛开了。

"我们走吧。"母亲把剩余的青稞纸烧完后走过来，丁兰姨妈也安详地注视着他，"我们走吧，孩子会睡得很安稳，"他母亲索索地说，"喏，你抽根烟，"她从衣兜里亮出盒香烟，笨拙地拆开，揪出根递给他，"你现在可以抽烟了，你没有必要戒烟了，抽吧。"

他接过，母亲点着："你才二十六岁……会好起来的……她只是去别的地方享福了……"他拖着锹，走在马路上，嘴里叼着支劣质香烟，另一只手攥着那朵色泽鲜艳的蔷薇。他想母亲埋葬女儿时他怎么没有发现它，那样他就可以把它和女儿安葬在一起……女儿和一朵蔷薇睡在一起，会很开心的……这么想时，他突然哇啦哇啦地大声号哭起来，他的声音那么亮，像他刚从母亲的子宫里掉出时的泣声那么亮……他慢慢地走着，边走边哭，手里紧紧攥着那朵蔷薇，就像握着一颗仍然跳动着的、孱弱的、幼小的心脏。

绵 羊 向 西

一

“奶，多西不见了。”

“你不是住院呢吗？还发烧不？”

“我出院了。”

“医生让你出院的？我没告诉你乖乖在医院躺着，一直躺到李思怡看你吗？”

“奶，多西不见了。”

“如果李思怡还没去看你，你就躺在病床上，把自己躺成块石头！”

“多西肯定饿蒙了，用嘴巴拧开门，出去找吃的了。”

“你现在就回医院，奶奶下午要去惠民广场参加扇子舞比赛。比赛完了奶奶就去医院看你。乖，家宝最乖，家宝是奶奶的心头肉。”

他挂掉手机，愣愣地盯着地下室。地下室堆砌着电冰箱洗衣机彩电抽油烟机的包装盒。从爸妈结婚那天起，这些纸箱就堆在那里。他们从来没想过要把这些纸箱扔掉，或者卖给那个常来小区收破烂的独眼老头儿。这么些年来，黄色纸板渐渐褪了色，变成了蜘蛛和飞蛾的老巢。家宝有时会用笤帚把蜘蛛和飞蛾拍死，那些纸箱上布满了褐色血渍。当多西搬进来后，昆虫们便不见了，纸箱被多西的小嫩牙啃得遍体窟窿，或被多西用梅花蹄踩踏成碎纸片，上面沾染了粪便尿液。李思怡曾威胁他，如果多西还这样乱拉乱尿，就把它卖给肉铺的王屠夫。想到王屠夫满脸的麻子和他手上那把油腻光亮苍蝇逐飞的尖刀，家宝就每天戴着口罩打扫地下室。为了遮住多西的尿臊味，他还时常把李思怡的香水偷偷喷洒在地下室的边边角角，这样地下室的气味就更古怪。

他瞅瞅窗户下面。多西常卧在那里，闭着眼动也不动。家宝喜欢多西一动不动，那是多西在做梦。很明显，多西刚失踪不久，地板上有泡尿液，散发着呛鼻的膻味。青草也没吃完，稀稀拉拉摊散在地上。多西从来不浪费食物。多西是世界上最懂事、最温驯、最胆小的一只绵羊。而现在，多西不见了。

“你在哪儿啊，妈？”

“我能在哪儿？你说我能在哪儿？！”

“多西失踪了，它是不是被人偷走了？”

“你又没去上学？你个败家的孩子！想气死我是不？你混账爹把我气成了甲亢，你是非要把我气成甲减！你们爷儿俩，真是一根枝上的乌鸦！”

“妈，我病好了，出院了。”

“出院？哦，出院了……住院费结了没？钱不够的话找你爸！让他把钱花正经地方！”

“我饿了。”

“那箱方便面这么快就吃完了？真能吃！我咋生了你这么个饭桶。”

“我不想吃方便面，我想吃芹菜猪肉馅饺子。”

“叫你奶给你包！你奶整天闲得像只蝲蝲蛄。”

电话那头传来嘟嘟的忙音。家宝喂喂两声后，将裹着绿色手机套的诺基亚塞进裤兜。他蹲下去，抓起一把青草，草上有茸毛。他嗅了嗅，上面还有多西的味儿。他想：除非多西变成只飞蛾从窗上的破洞里飞出，否则根本不会失踪。多西究竟去哪里了？他仰起头，正午的阳光漏在他的黑眼袋上，让他困顿不堪。

二

多西是王永和带回来的。王永和不跑大车时，会开着那辆二手桑塔纳拉家宝兜风。家宝喜欢跟王永和兜风。跟王永和兜风，就不用去上课。反正王永和也不在乎，他总是拍着家宝的脑袋说："学那么多东西有毛用？学点儿啊就够了，学多了脑子就乱，乱了就会变成傻子，你没看到我那个哈佛毕业的小学同学住进了精神病医院吗？"家宝通常点点头。王永和就继续说："男儿嘴大吃四方，双脚走天下，再过两年，你学个车本跟我跑新疆吧。新疆啊，"他通常咂着嘴说："是地球上最美最神奇的地方呢。"

王永和跑了七八年新疆了。开始自己贷款买了辆大货车跑。折腾不久，发觉缴费大，干脆卖了车去给大车队当司机，虽累得脱层皮，钱却只多不少。每次回来他都给家宝带几张散发着煳味的烤馕。他喜欢看儿子吃馕，他还喜欢拉着儿子绕着县城东跑西跑。"看！这座娱乐城在我小时候是座坟场，春天了我们一帮崽子常来这里捉蛇，翠绿的小蛇最漂亮，攥手心里就像攥着块戈壁玉。""看！你们这座破学校三十年前是京东第一集，你奶给我买过风筝买过皮猴买过回力牌球鞋……"家宝被王永和拉着看来看去，看来看去也不说话。家宝很少说话。家宝嘴笨。可家宝一点儿都不羡慕那些嘴巴一张开牙齿就永远龇着的人。他想：这世上其实只有两种人，一种是喜欢龇牙的人，一种是不喜欢龇牙的人。那些喜欢龇牙的人即便死了，火化了，牙齿也会如金子般不灭，魂灵飘走，牙齿仍会在黑棺木中不停翕合。

那天跟王永和看来看去时，家宝有些沮丧。李思怡很久没有跟他们看来看去了。李思怡从何时不跟他们看来看去的，他有点儿记不清。反正李思怡总是很忙，比总统夫人都忙。不就是家板鸭店的售货员嘛。板鸭卖得不好，老板不少给钱；板鸭卖得好，老板也不多给钱。她干吗宁愿坐在一只只板鸭后面发呆也不愿跟他们爷儿俩去兜风？这问题家宝想不清。想不清，家宝就变成了哑巴。“看！”王永和突然喊道，“家宝！羊还在那儿！”

是在河边的草地上。他们两个小时之前从河边路过，羊就在那里吃草。王永和停了车，倒背着手走过去。这是只小绵羊，胖嘟嘟，像用秋天的棉花堆起来的。它脖子上没有缰绳。“这只羊是我的。”王永和瞅了瞅四周。四周除了家宝，再也没有旁人，“对吧家宝？这只羊是我的。我把它留在这里吃草。现在它吃饱了，我们该把它带回家了。”家宝没有吭声，王永和抱起小绵羊，放在车后座上。绵羊温驯地躺在家宝怀里。家宝觉得它就像长着白尾巴的巨型婴儿。“家宝，它叫什么名字来着？”王永和嘿嘿地笑着扭头看家宝。家宝想了想说：“就叫它多西吧。”“多喜？好，这名字好！我儿子真有水平，”王永和弹了弹家宝脑门儿，“这只羊送你了。别让它饿着冻着，等来年春天我们就剃了它的毛，让你奶给你织毛衣。”

还没等到来年春天，多西就不见了。家宝只不过是住了两天医院。他得了腮腺炎，发烧。烧退了，多西就没了。

“爸爸，你见到多西了吗？”

“儿子啊，老爸正从库尔勒往家走呢。老爸给你带了两筐香梨。”

“多西丢了，回家了你跟我去找吧。”

“我还有三天到家儿子。记着，东西丢了要报警，不能让坏人逍遥法外。如果坏人老逍遥法外，那么好人也会变成坏人。如果全世界都是坏人，”王永和想了想说，“那也不错。”

家宝锁了地下室，到楼上穿衣服。还是冷，他只得套了件毛衣。毛衣是奶奶织的，土黄色，套在身上让家宝像一粒湿润饱满的鸡屎。走在大街上，所有人都看他，不过他丝毫不在乎。尤其是那些大人，大人是世界上最坏的人。他眯着眼盯着小区旁的十字路口。不用多久，苏晨就会来了。苏晨来了，多西就能找到了。家宝一直相信，苏晨是桃源镇最牛的女人。

三

苏晨穿着条牛仔超短裙，紧身背心将乳房勒得比哈密瓜还圆。脚指甲桑葚色，手指甲桃红色，眼影绛紫色，嘴唇瓜绿色。那对比铜钱还大的贝壳耳环在耳朵上荡来晃去。她递给家宝支香烟，又帮家宝点着。家宝呛得直咳嗽，苏晨就将香烟抢过去自己抽。“笨，连抽烟也学不会，”她揪了揪家宝的鼻子，“你除了个儿高块儿大，简直狗屁能耐都没有。”家宝就笑。家宝喜欢苏晨拧自己的鼻子。“你的羊真丢了？”苏晨问，“有谁会偷那么瘦那么丑的一只宠物羊？白送我都不要。”

家宝坐在电动车后座上，几乎要将轮胎压爆。可苏晨仍将电动车骑得比摩托车还快。那天，桃源镇的很多人看到一个豌豆苗般的女孩儿驮着个胖子在街上蹿来蹿去。他们嘴上叼着香烟，灰屑飞沾在眼皮上。他们先到了王屠夫那里。王屠夫的肉铺是县城最有名的肉铺。王屠夫气力大，是每年县工会掰腕大赛的冠军。王屠夫眼大，掰手腕掰不过人家时，眼珠子一瞪就赢了。当他们见到王屠夫时，他正煮猪腰子。大家都知道他爱吃猪腰子。他吃猪腰子的门道很多，蒸了蘸虾酱吃，煮了蘸芥末吃，炒了拌野蒜吃，熘了就二锅头吃，还有人亲见他生吃过，一口咬下，老血直溅上白围裙。

“小苏啊，你来干吗？”王屠夫搓着毛手问，“想吃排骨了，还是五花肉？”

“你为什么偷家宝的羊？”苏晨将烟圈儿吐进王屠夫的鼻孔里，“那么瘦的羊你也偷？”

王屠夫嘿嘿笑着问：“什么家宝？什么羊？我这里的猪

呀牛呀羊呀可全都是正经来路。”

苏晨说：“鬼才相信。清水镇的癞皮刘没把他偷的猪狗贱卖给你？”

王屠夫说：“你这孩子怎么能血口喷人呢，我做的是正经买卖。县里逢年过节，都用我的猪背腿呢。”他指了指墙上的奖状，“睁开你的狗眼看看，我可是县里的模范个体户。”

苏晨撇撇嘴说：“那谁把家宝的羊卖给你了？”

王屠夫乜斜眼家宝说：“你是说傻小子的羊？妈的，他天天傍晚牵着羊到西边的广场上吃草，我怎能没见过？真要是他的羊，我一眼就能认出来。作孽啊，把羊养得那么瘦。”

苏晨没辙了，只得笑着说：“要是哪天听谁说你收了家宝的羊，我一把火烧了你店铺。”

王屠夫说：“唉，你这丫头，长这么丑，嘴又毒，将来怎么嫁得出去？”

苏晨说：“不还有你嘛。我最稀罕你这种油腻腻的中年胖子，浑身生猪肉味。”

说完就走了。没有找到多西，就走了。家宝不情愿，噘着嘴。噘着嘴也没用，还是走了。苏晨拍拍他的肉包子脸说：“我们再去下一家。能收赃货的还有老宋家。”

家宝差点儿哭了：“多西是不是被吃掉了？”

苏晨说：“不会的。它太瘦，连乞丐都嫌弃它骨头太多，硌得牙疼。”

家宝说：“我真冷啊。”

苏晨说：“大夏天的你穿着毛衣还冷，身板真糠。让你爸买些玛卡。”

家宝说：“我们老师三天给我打了五次电话，说不要我了。”

苏晨说：“老师们都是好人，但最喜欢说屁话。”

家宝还想说什么，苏晨蹙眉头横他一眼，家宝就不敢说话了。

家宝其实跟苏晨认识时间并不长。家宝上初二。校门口常有收保护费的小痞子。所谓小痞子，无非是没考上高中的一帮男孩儿，家里不管，也管不了，就天天骑着赛车晃。没人敢收家宝的。家宝足有二百斤，脖子脑袋一般粗，腿如巨象，拳如铁锤。家宝一般都会绕着他们走，但那天他们截住了岑溪亮。岑溪亮是家宝同桌，从来没跟家宝说过话的同桌。这个个子纤长、眼睛有点儿斜视的女孩儿，考试从来不屑考第二。有天家宝早起，凌晨五点牵着多西去广场，看到岑溪亮正在扫马路。她长，扫把短，看起来就像用粗铅笔在肮脏的纸张上写字。家宝站着端详会儿，才发现她母亲坐在马路牙子上。他们都知道她母亲是清洁工，前不久做了心脏搭桥手术，学校曾号召过大家捐款。家宝的心里就有些酸。家宝记得奶奶说过，当一个人懂得为别人难过，他就长大了。

那个早晨，当他看到小痞子们开始搜岑溪亮的身时，拳头就飞出去了。当然，他们都没料到家宝的拳头是软的。他们把家宝摔倒在地，都隐隐有些兴奋，你一腿我一脚，仿佛豺狼们终于知道了眼前是头纸糊的大象。家宝鼻子流血了，眼睛青了，耳朵也嗡嗡响。这时他听到一个轻柔的声音说："放了他，都滚。"那帮孩子就悻悻散去。家宝睁开眼，恍惚中有位女孩儿伫立在身边，手里趴着只红色蜥蜴。"你有种，"女孩儿说，"你是个有种的胖子，我很少见到有种的胖子。"

"我很饿，"家宝说，"我现在能吞下一头野猪。"

"我给你买个汉堡吧。"

"我想吃饺子，芹菜馅的饺子。"

"乖，等我们找到多西再吃。"

家宝咂着嘴，跟苏晨进了老宋家肉铺，肉铺门脸格外幽长。宋美莲正戴着老花镜猫着腰吭哧吭哧地拿刀刮案板。她那张骷髅脸差点儿就贴到案板上，扁平瘪瘦的身躯弯狗虾般前后耸动。桃源镇的人都晓得宋美莲有洁癖。当她把最后一块污油从刀刃上轻轻擦拭掉，不禁哼起了小调。家宝从来没有听过这么难听的歌声，仿佛水鬼在浊河里歌唱。

"你们来干吗？"宋美莲坐到凳子上，抓了块磨刀石放于膝盖，将那把杀猪刀在石头上蹭过来蹭过去。肉铺里光线暗淡，家宝几乎看不清宋美莲的脸。

“干妈，我想你了，过来看看你老人家，”苏晨说，“给我攒了多少条猪尾了？”

宋美莲将灯打开，扶了扶老花镜盯着苏晨。苏晨笑着问：“干妈，不认识我了啊？”

宋美莲说：“你呀，多少日子没过来了。给你攒的猪尾都在冰箱里，没一百条也有五十条。真想喝你炖的猪尾冬瓜汤啊。”

苏晨小跳到宋美莲身后，帮她掐肩捶背。她按摩的手艺肯定不错，宋美莲很快哼哼唧唧起来。苏晨小声问道：“干妈，今天有没有人送一只绵羊过来？”

宋美莲睁开眼，打量着苏晨，半晌才说：“确实有人送过来一只。”

家宝的厚嘴唇哆嗦了下。宋美莲说：“不过我没要，”又瞥了眼苏晨：“那只羊太脏了，连角上都沾着羊屎。”

家宝说：“多西才不脏，多西最干净。多西唱歌比你好听多了。”

苏晨瞪了家宝一眼，家宝就闭了嘴。

四

“你的羊真被偷走了，”苏晨说，“没准儿多西都变成涮羊肉了。”

家宝说：“多西比你聪明多了。”

苏晨默默地看着他，良久才说：“你还想吃芹菜馅饺子不？”

他们坐在广场的长椅上。家宝一口气吃了四十只水饺。家宝吃饺子跟别人不一样，都是三个三个地往嘴里塞，还没待咽下，又有三只入口。“你的食道肯定比煤气管道还粗，”苏晨啧啧两声，“你上辈子肯定是个饿死鬼，这辈子才如此贪吃。比猪还贪吃，猪还晃着肥耳朵歇会儿。”

家宝鼓着腮帮子说：“我怎么这么冷？”

苏晨说：“人伤心了，都觉着冷。”

家宝哼哼着说：“你说，真的有上辈子吗？”

苏晨想了想说：“也许有吧。我曾经遇到过个男人，他说，上辈子就认识我。妈的，我怀孕后他就跑了，连堕胎的钱都舍不得给我。”

家宝说：“那么有下辈子吗？”

苏晨柔声道：“有的。”

家宝眯缝着眼说：“我下辈子要托生成一只绵羊。”

苏晨鄙夷地说：“绵羊有什么好，被人剖膛摘肝，放火上烤，放水里煮。我呀，下辈子要当个科学家，坐游轮去北极考察，住在帐篷里，天天研究帝企鹅、抹香鲸、北极熊、海豹，天天吃生鱼片、金枪鱼、鲑鱼、三文鱼、旗鱼、海胆、磷虾、牡蛎、赤贝或者……或者……家宝，那不是你妈吗？”

家宝看到对面的咖啡馆前，停下辆黑色轿车。李思怡从车里迈下来，挽着一个男人的胳膊进了咖啡馆。家宝说：“我们走吧。贼肯定还没有走远。”

苏晨抓过他的手。苏晨从来没有见过那么胖的手，手背上全是柔软的旋涡。“大人们的事你不要管，管也管不了。”家宝不说话。家宝的嘴角挂着坨没嚼烂的芹菜。“你的手真烫，发烧了吗？”家宝偏头看她。家宝的眼睛小，磷虾那么小：“我好了，我刚出院。”苏晨拧拧他的鼻子说：“我们去找多西吧。你知道桃源镇有多少家烧烤店吗？”

桃源镇有十三家烧烤店。苏晨骑电动车驮着家宝一家一家跑过来。按照苏晨的说法，这个季节顾客都吃新鲜的羊肉，店家一般都会把羊拴在门口，等到下午三四点开始宰羊。他们总共看到了九只活羊，但没有一只是多西。后来，后来他们大汗淋漓地坐在一棵树下喘气。苏晨说：“你平日里都带多西到哪里玩儿？”

家宝瓮声瓮气地说：“西边的广场上，那里的草最嫩。”

苏晨笑了：“人家在那里跳探戈踢毽子打腰鼓，你在那里放羊。”

家宝说：“有时候还去葡萄园。葡萄园边的草多，多西最爱吃那里的续断草。”

苏晨说：“家宝，你要知道，人呢，总会把最喜欢的东西弄丢。等你长大了，就会明白。”

家宝努努嘴说：“我困了。”

苏晨说：“我送你回家吧。”

他们路过三角地时，家宝非要下来一趟。三角地上全是卖青菜的。农人都把自家吃不完的番茄啊芸豆啊空心菜啊柴鸡蛋啊运到此处，支起小摊叫卖。那棵巨大的绒花树下，常年跪着个没有腿的男人。也许是女人吧。反正他（她）在那里跪了很多年，除夕夜也不例外。家宝摸了摸兜说：“给我三块钱吧。”

苏晨问：“你要钱做什么？不是刚吃完饺子吗？”

家宝说：“我每天牵着多西路过那里，”他指了指那个没腿的人：“都会给他一块钱。”

苏晨说：“乞丐都是骗子，专门骗你这样的傻子。到了晚上，全去住豪华宾馆。”

家宝说：“给我三块钱吧。”

苏晨说：“一块就够了，干吗要三块？”

家宝说：“我住了两天医院。”

苏晨哎了声。

家宝说：“给我三块钱吧，姐姐。”

苏晨的眼睛湿了下，从来没有人这样叫过她。她打开背包，翻出三枚硬币，轻轻摊到家宝手心。他的手心里全是汗。苏晨盯着他蹒跚着朝那个乞丐走去。她想不明白家宝的父母怎么把他喂得这么胖，连走路都如杂技演员走钢丝般让人揪心。她还想不明白家宝为什么如此喜爱多西，不过是只臊烘烘的羊羔。家宝很快回来了，手里拎着个鼓鼓囊囊的破塑料袋。

“什么玩意儿？”

“干草。他每天都会给我点儿干草。我跟他说，多西被贼偷走了，可他还是给了我一袋。他说多西是镇上最美的一头羊。”

苏晨把塑料袋抢过来，扔进垃圾箱。家宝瞥了她一眼，又扒住垃圾箱捡出来。捡出来后他将那袋草塞进毛衣里，慌里慌张看着苏晨。苏晨就说：“羊没了，还要草干吗？”

“多西会回来的，”家宝比黑芝麻粒大不多少的瞳孔亮了亮，“绵羊和鸽子一样，都认路。”

“好吧好吧，”苏晨拧着眉头说，“你不困了吗？我送你回家吧。”

路过老宋家肉铺时，车胎突然爆了。这么热的天，也难怪。苏晨骂骂咧咧地把电动车停在门口，跟家宝说：“我陪你走回去。这么倒霉的下午，不晓得还会遇到什么更倒霉的事。”这时宋美莲走出来，她拎了几条猪尾塞给苏晨，说：“你呀，蹽得比野兔子都快，眨眼的空当人就没影了。”苏晨嘻嘻着说：“家宝都快急疯了。”

宋美莲冷冷扫了眼家宝说：“我忘了告诉你们，那个偷羊的，偷的是山羊，不是绵羊。”

家宝跟苏晨对视一笑。宋美莲又说：“你个姑娘家，老跟这个傻子玩儿什么？千万别学干妈，到老了也嫁不出去。”

镇上的人都知道宋美莲的事。她本是文化馆的报幕员，喝酒后跟一帮小伙子在河边的芦苇荡脱了衣服跳舞，被警察逮住。那是一九八五年，正赶上严打，被判了十五年刑。出狱后她就开了这家肉铺。

苏晨说：“他才不傻，他只是不爱说话。”

宋美莲说：“要是熬了汤，记得趁热给我送一碗。”

苏晨说：“要是有新鲜的羊宝，记得留给我。派出所的老吴，最喜欢吃了。”

苏晨带着家宝回家。家宝的家在东城。他们穿过了广场，穿过了民政局，穿过了“张记粥饼铺”，穿过了“正红旗烤鸽子”，穿过了“王记肉铺”，穿过了“张老财牙医专科医院”，穿过了职工俱乐部，穿过了“肯德基”，穿过了“天下无双”理发店，穿过了“火龙堂”洗浴中心，穿过了“麦乐迪”KTV，穿过了“呼和浩特羊蝎子店”，终于到了家宝的家。这么多年来，家宝无数次穿过这些街衢、这些店铺、这些灰扑扑的人群。有时候他想，这个镇，可能就是整个世界的样子；这些人，可能就是整个世界的人的样子：王屠夫总是站在门口津津有味地嚼着猪腰子；“正红旗”的老板总是蹲在下水道旁，将浸泡在滚烫开水里的鸽子羽毛一根根拔下；牙科医院的楼顶终年播放着广告，一个身穿白大褂的老男人耐心地展示着他拔掉的各种龋齿；“张记粥饼铺”的员工每天上午九点钟都穿着火红色的制服在空地上跳《小苹果》；“天下无双”理发店的小伙子们闲来无事了，总是大猩猩般蹲蹴在台阶上抽劣质香烟或者玩儿手机；“火龙堂”的小姐们下夜班时总是成群结伙地去烧烤店吃烤蚕蛹，她们浪笑的声音仿佛能穿透夜幕的云层；“麦乐迪”KTV门口总会有人扶着墙根呕吐，或者匆匆忙忙地闪进附近的性保健用品商店……每天如此，每年如此，他们一直在动，蛆虫般蠕动，他们都不如多西温驯，也不如多西懂事，他们把这个镇的声气弄得嘈杂，仿佛不如此，他们就会变成世界上最不幸的人。

家宝仰头呆呆地凝望着那栋楼。他家住在二十一层。他最讨厌的事，就是犹豫着按下电梯开关上的数字。当那些呆头呆脑的阿拉伯数字骤然亮起，他就觉得，通往地狱的门打开了。

但那天不同，那天他身边站着苏晨。苏晨身上有种柠檬的香。他老忍不住歪头，想让那些冲进鼻孔里的香气更浓烈些。

五

“你们家，真是比猪圈都乱。”苏晨不时伸出舌头舔着冰棍儿。她好像才是这个家的主人，很快从冰箱里翻出各种口味的雪糕、玫瑰香葡萄、香飘飘奶茶和美好时光海苔。后来她窝进沙发，耐心巡视着家宝的家。

已经很长时间没人打扫了。墙上挂着幅超级大的彩色结婚照。男人和女人头靠头，脸上是没心没肺的笑。照片连玻璃镜框都没有。酒柜上摆放着从新疆各地带回来的纪念品，有俄罗斯套娃，一幅喀纳斯风景版画，一个跳新疆舞的维吾尔族布娃娃，一把英吉沙小刀，一顶襻金花帽，一件哈萨克族马甲，一把卡龙琴，还有几张发霉的、散发着霉臭气息的烤馕。

“你妈多久没回家了？”苏晨问道，“他们离婚了？”

“没有，”家宝说，“我奶说了，只要我还活着，他们就不会离婚。”

“你爸多久没回家了？”苏晨说，“他是不是外面有了野女人？”

家宝说：“我也想喝猪尾冬瓜汤。”

苏晨翻箱倒柜，还真找到枚冬瓜，有点儿腐烂，但切吧切吧也能攒成一盘。烧了水，咕嘟咕嘟乱煮起来。家宝一直趴在餐桌上看苏晨。苏晨忙活完回头觑他，他脸色通红，喘气的声音比牛还粗，就问：“你是不是生病了？”

家宝说：“我刚出院。”

苏晨说：“从医院里逃出来的？”

家宝沉吟半晌才说："我怕多西饿死。"

苏晨说："我扶你去卧室躺着吧。要是你趴在这里睡着了，我可没力气背你上床。"

家宝的床倒是很干净，床头摆着几只毛茸茸的玩具熊，还有几本日本漫画书。苏晨说："我一会儿给你奶奶打电话，让她来陪你。碰到这样的儿子儿媳，真是要了老命。"

家宝乖乖上了床。上了床却不老实，翻过来覆过去。苏晨说："能安静些不？"

家宝说："你能陪我睡吗？"

苏晨一愣，突然就笑了，说："为什么不呢？我可是你姐。"

家宝也笑。

苏晨脱鞋上床，躺在家宝身旁。家宝一直凝视着屋顶。屋顶是花里胡哨的壁纸，有时候，那些缠绕的妖冶线条会变成葡萄的枝条和藤蔓；有时候，那些蓝色的方块会变成耀眼的星辰；有时候，那些拐来拐去的曲线会变成李思怡的剪影。家宝的胳膊慢慢搭过来，苏晨也没躲，家宝顺势搂住了她的腰。苏晨哆嗦下，侧过身，盯着门框。门框上是一张连一张的蛛网，网上是蜘蛛的蜕皮和蚊蝇的尸骸。

家宝说："姐，我冷。"苏晨说："我给你找棉被。"家宝说："棉被不如你暖和。"苏晨没有吭声，只是睁着双大眼看着蛛网。少顷，她感到身边庞大的肉身在颤抖，开始尚小心翼翼，渐渐地，渐渐地，那颤抖将床铺震得也晃荡起来，再后来，身边悄然些，可没多久，就传来婴儿般虚弱的抽泣声，等她有些不耐烦时，抽泣声猛然变成巨大的哭声。有那么片刻，她分不清那到底是哭声，还是锅里传来的水的啸声。等那颗庞大的头颅抵住她后背，她才察觉到，背后是湿的。她刚想说些什么，家宝就哽咽着说："姐，你能脱掉衣服，让我看看吗？"苏晨转过身。家宝脸上扑满了泪水。她拍了拍他的肉包子脸，一时无语。家宝哭得更厉害。她没想到一个十三岁的男孩儿哭声能如此庞大。

她只好说："你真想看？"家宝说："我以前总搂着妈妈睡觉。"苏晨咬咬牙，瞬息脱了超短裙和上衣。她没有戴乳罩，家宝的手探过来，一把攥住了她的乳房。

家宝说："姐，我冷。"

苏晨摸了摸他的手。他的手像没有发酵好的面团，摸不出骨骼和血管。

家宝说："是不是，从来都没有人喜欢过我？除了多西。"

苏晨说："家宝是个好孩子，好孩子大家都爱。"

家宝说："你说，人真有下辈子吗？"

苏晨说："傻子，你还想托生成只绵羊？"

家宝说："有啥不好，那样我就能跟多西结婚了。"

苏晨想了想说："猪尾汤好了。我要走了。"

家宝嘟囔道："不要忘了给宋美莲带一碗。"

苏晨穿了衣服，掸了掸家宝的头发，说："多西会回来的。"

家宝说："它肯定死了。"

苏晨说："姐明天再给你买只绵羊，便宜得很。或者让派出所的老吴弄一只。实在不行，就让王屠夫给偷一只。"

家宝说："你走吧。"

苏晨扭头看了看家宝，说："记得给你奶奶打电话，让她给你买退烧药。"

家宝说："我没病。明天我就去上学。"

苏晨走了，过了几分钟，家宝从床上爬起来，晃晃悠悠走到窗户前。他看到苏晨朝小区门口走去。小区门口很热闹。小区门口总是很热闹，他想：用不了多久，那些人就会聚集在他们楼底下了。他们的尖叫声肯定比"火龙堂"小姐的笑声还要响亮。

六

家宝先看到隔壁楼口的岑老太太跑过来。她是这栋楼的楼长，最喜欢拿着喇叭肆意喊叫，催促大家去物业管理处交水电费。她嗷的一声，翻着白眼瘫坐在花圃里。第二个过来的是收破烂的独眼老头儿，他先搀扶起岑老太太，然后颤颤巍巍地掏出部破手机打电话。再后来跑过来一群孩子，他们四五岁的模样，光着屁股，茫然地盯着花圃里的家宝。家宝想：原来自己真的很胖，躺在那里，像头被击毙的北极熊。他们看不到家宝的脸，家宝的脸朝下，不过，四处流淌的黑色血液让他们的叫声越发大起来。家宝只是冷冷地站在不远处，看着这些人围观自己的身体。他想：他要继续找多西。他肯定能找到多西。多西到底去哪里了？谁知道呢。

警察来了。又过不久，奶奶来了。奶奶手里握着柄彩色扇子，直接扑到家宝身上，还没说话就昏死过去，等她醒过来，李思怡也来了。李思怡想把家宝的身体翻过来，但被一个警察及时制止。警察警告李思怡不要破坏案发现场，李思怡只能站在那里号啕大哭。家宝很开心看到李思怡哭，他从来没见过李思怡为自己哭。让家宝意外的是，等天快擦黑时，王永和也回来了。他不是在库尔勒吗？王永和没有哭，家宝看到奶奶边撕扯他衣服边大哭咒骂："你去哪里鬼混了?！回来一天了也不去医院看孩子！后悔了吧！肠子悔青了吧！你们这对没良心的爹娘！"王永和只是蹲在那里猛劲抽烟，奶奶抓住他的头发扇他的脸，他也不躲，家宝隐约听到他的抽噎声。后来，家宝听到王永和喃喃地说："家宝啊，爸对不起你，爸把那只羊拉到朋友家宰了，我们可从没吃过这么鲜嫩的羊肉啊，配上伊犁大曲更是妙不可言。你怎么就这样走了呢，我还给你留了一整条羊腿呢，你可真是没口福啊……”

天越来越黑，家宝感觉到自己如此轻盈，仿佛一下就能跳到月亮上。他又呆呆地看了他们一会儿。他想跟他们说点儿什么，可是想了想又闭了嘴。他知道这世上其实只有两种人，一种是喜欢龇牙的人，一种是不喜欢龇牙的人。无论什么时候，他都守口如瓶。

小 情 事

一

说老实话，这件事周桂花确实给我讲过，而且不止讲过一次。周桂花老了，老了的周桂花喜欢戴着老花镜，拉着我的手唠些旧嗑，比如她如何打败“小日本”（他的绰号源自他常年精心修剪的仁丹胡）的女儿贺金玲，将我父亲紧紧攥到手心；比如她在庞清水“蹲点”，曾经和县委书记吃过一顿派饭，书记夸她善于做思想政治工作，执意要把她调到县妇联当宣传干事……这真是没办法的事，尤其这个人是你母亲的话。她或许忘了，有些事我比她记得还清楚。

如果没记错，该是一九八一年吧？或许还早些？反正我还小，估计七八岁的样子。不过，我已经是夏庄最有名的男孩儿。我出名的原因很多，譬如好干净：我动不动就哭，人家见了就调侃着问：“张楚啊张楚，你哭就哭，干吗梗梗着脖子哭？”我会抽搭着耐心解释：“我妈刚给我换的衣裳，要不伸脖子，哭湿了你给我洗啊？”譬如脾气暴：放学回家，周桂花正在庭院里忙着割向日葵，开门晚了，我就在门口扯着嗓门儿骂她。她惩罚我的方法很独特，喜欢用一条灰色腈纶围脖将我捆结实，吊房梁上拿笤帚疙瘩悠闲地抽，每抽一下，就小声商量着问：“小王八犊子，还骂不骂？小王八犊子，还骂不骂？”有一次她真把我打晕了，她以为我被打死了，就抱着我上气不接下气地哭，可一等我醒过来，她就接着打。也许可以这么说，她是位非常称职的军嫂，浑身总有使不完的劲儿。

要是挨了打，我哭声比平日更大。如果不出意外，我姑姑张翠梅很快就会从隔壁溜达过来。她嗑着瓜子乜斜着周桂花说：“嫂子，你可真狠心哪！你不想想，你要个孩子容易吗？”

他们都说，周桂花结婚三年后都没开怀，我奶找了独寞城的一位老中医，抓了几剂草药逼她吃了半年，方才怀上我。周桂花也不正眼瞧张翠梅，只寡着脸去忙别的。

我有什么理由不喜欢张翠梅呢？张翠梅那年也就二十来岁吧？她是我们夏庄的代课老师。大家都说她是我们夏庄最狠的女老师。她平时喜欢穿身掐腰的绿军装，是我爸从部队给她邮寄回来后，她专门请村里的裁缝给裁剪的。她的脚上呢，是双猪皮鞋，脖子上呢，长年累月系着条碎花丝巾。春天里，夏庄的女人都流行穿布鞋，要么松紧带，要么偏口布带，连周桂花都穿。周桂花是我们夏庄的妇联主任。周桂花有三双牛皮鞋和两双猪皮鞋，还有一双人造革的红皮鞋，都是我爸专门从北京给她买回来的，平时就锁在红柜子里。周桂花看着张翠梅每天都穿着黑亮的皮鞋，拔着腰板扭着腰肢骑着老水管自行车去学校上课，就摇头说：“唉，哪像个姑娘家？唉……”

我知道周桂花不喜欢张翠梅，周桂花喜欢周香云。

周香云是周桂花的亲侄女，有张比满月还圆的脸。她那年已经上班，就在我们大队的小卖部卖油盐酱醋。要是我放学后溜达到小卖部，她就趁人不备往我手里塞两颗黑枣，要么塞块水果糖。小黑枣真甜，水果糖也真甜，所以我也喜欢香云姐。香云姐平素不爱吭声，人家若是问她什么问题，她就望着人家笑，人家若是什么都不问，她也望着人家笑。人就忍不住夸她，说她是个知书达理、不多言不寡语的好姑娘。如果没记错，她隔三岔五来我家小住，帮周桂花喂约克猪、喂长绒兔、喂芦花鸡，到了年底，周桂花就打集市给她买匹漂亮的卡其布，请人裁了给她做裤子和布衫。

是什么时候开始，那个叫周文雄的男人搬进我奶家的瓦房呢？我实在想不起来。我只记得有那么一天，我去上学时，从我奶家厢房里闪出个男人。这男人站到一棵桑葚树下，笑眯眯地吸烟。他呼出来的烟圈儿全是乳白的椭圆形，一个接一个套到饱满的黑桑葚上。“你就是那个庄里最好干净的孩子吗？”他朝我慢慢走过来，敲了敲我的铁皮耳朵，然后，塞给我一块大白兔奶糖。

听周桂花跟周香云说，这男人是县打井队的。打井队每到立春，都会挨庄串村打井，这样到了夏天，庄稼就不怕旱。打井队的为什么会住我奶家？原因也简单，打井队的老队长以前跟我爷是战友，一块儿参加过辽沈战役和抗美援朝，他喜欢跟爷爷一块儿喝白薯干酒，然后撸袖口挽裤腿的，摩挲着被子弹击中过的伤疤。那一年，他们总共来了五个人，周文雄是最年轻的一个，当然，按照周桂花的说法，也是最周正最漂亮的一个。“你瞧瞧人家的牙缝多干净，你瞧瞧人家那豹子眼花的，”周桂花啧啧着对周香云说，“再看看夏庄的小伙子。唉，这就是城乡差别。”

那时周香云已经有了“对象”，是周庄的，叫刘云鹏，常年在关外卖花椒面儿。他跟周香云定亲时我见过他，长得像根熟透的老丝瓜，套着身皱巴巴的蓝色卡其布中山装，戴着顶绽了线头的前进帽，愣眼瞅去，还是很有架势的。那天，他被我哑巴舅舅的一帮亲戚灌醉了。被灌醉了的刘云鹏任谁也拦不住，沿着梯子爬到屋顶，一屁股盘腿坐下，从前进帽里神气地抖搂出几包花椒大料，一字排开，开始唱他的“十三香”小调。他唱得非常好，不是一般好，我们夏庄的好多年纪人至今还记得那个春天，一个枯干瘦小的男人是如何坐在屋顶上赞美花椒面儿的：

全香作料调了一个好，
全香作料配了一个全，
全凭着各位师傅把名传。
往北传，往北传到山海关。
过了关，前后所、绥中县，锦西、锦州紧相连，
沟帮子、大虎山、北镇、新民、沈阳站。

我记得这件事，周香云觉得很掉面，意思要黄了这门亲事。结果被周桂花劈头盖脸训了一顿。她跟周香云说："你有啥了不起？嗯？你不就是个大队的售货员吗？你连小学都没毕业！人家呢，好歹在关外闯，见过世面，历过风雨，'十三香'卖得又那么好，手里肯定攒了不少粮票。你个闷嘴葫芦，你个不开窍的闷嘴葫芦，难道非要把这块肥肉眼睁睁让别人吞了？"

周香云低着头不说话。她不说话就表示，她确实也是这么想的。

二

春天在夏庄，无疑是从两口缸的移动开始的。夏庄的人

家再怎么穷，也得置办两口像模像样的绛红粗口大缸：一口腌酸菜，一口盛井水。冬天呢，酸菜缸摆在卧室，哪怕灶膛里添了再好的临西煤，屋里也总飘着层冷冷的馊泔水味；水缸都摆过堂屋，让村里的铁匠用粗铁丝紧紧勒了，再用稻草帘裹得密不透风，怕到了腊七腊八冻得缸底裂璺。但凡春天一到，紫野姜花、黄蒲公英、绿耳朵秧刚从墙旮旯酿出胚芽，春蛇、蟾蜍、花栗鼠刚从洞穴里探出眼睛，粉蝶、大黄蜂、七星瓢虫刚落上樱桃树，家家户户就急着把两口缸挪到庭院，将糊得厚厚的窗纸撕掉，将窗棂推开。风漫进来，屋里就沁着萝卜花和香葱的甜腥味了。

听人家说，张翠梅第一次见到周文雄时，周文雄正帮我奶从过堂屋挪水缸。挪水缸是力气活儿，他套件黑毛衣，白衬衣领子露出来，脑门儿上沁出剔透的汗珠，而他细长胳膊上的浓重汗毛让他的皮肤显得异样白皙、水嫩。张翠梅看了一会儿，也没过来帮忙，而是转身就走了。当然她走得有些犹豫——她被脚下的一块布满苔藓的老磨刀石绊了一跤，右脚的一只皮鞋就莫名其妙地甩出去，然后，稳稳地落在周文雄脚下。周文雄一愣，随即朝张翠梅咧嘴笑了笑。天，他的牙齿那么白，白得让张翠梅的头嗡嗡响了半晌。

张翠梅第二次见到周文雄时是在清晨，草鸡在院子里忙着刨稻糠，公鸡在窝里忙着采蛋，老太太忙着抓把小米，撒向罩在铁笊篱里的米黄鸡崽，周文雄呢，他稳稳坐了个用蒲草编的破草垫，伸着懒腰，抽着香烟，忙着在桑葚树下翻两页闲书。或许他并没真正读书，他这么招人眼的小伙，只是在向我们夏庄人展示一个县城人的优良品质：好读书。即便坐着破草垫读书，腰板也要拔得像棵白杨树，而他的裤子，其实是县城最流行的喇叭腿，肥大、优雅，将他的皮鞋隐在裤腿下，他屈腿伸腿舒胸展背间，黑亮的人造革尖头皮鞋方才露出一角。总之那个清晨，那个清亮、甜美、忧伤，仿佛被油漆漆过的清晨，我姑姑张翠梅终于忍不住朝周文雄走了过去。她脸色潮红——她以前可从没脸红过，三步并作两步地走到周文雄面前，伸出手，很自然地握了握周文雄的手，对这个喜欢读书的男子瓮声瓮气地说："周技术员，你好！我是张翠梅老师。"

我记得我姑姑张翠梅那时长得很好看。鼻子大，鼻孔也大，耳朵大，耳眼也大，嘴巴大，牙龈也肥大，或许可以这么骄傲地说，除了她的双眼有点儿眯缝，她脸庞上的所有器官都是大号的，都是格外气派的。夏庄的人都说："这姑娘身上有股子门神般的正气，特别像《杜鹃山》里的柯湘。"那天，我并没有亲眼看到她跟周文雄握手，我是听周桂花说的。周桂花也不是说给我听，她是特意说给周香云听。周桂花说："唉，我活了三十多年，还没见过这么脸皮厚的女人，不是我当嫂子的骂她，她多像只发情的黄鼬啊！"

那天停电，我正在煤油灯下写那些永远写不完的家庭作业。当我抬头偷偷看周桂花，她脸上是那种鄙夷、蔑视甚至哀伤的神色。也许在她看来，张翠梅作为妇联主任的小姑子，竟然这么主动地跟男人搭腔，无疑具备了勾引和花痴的双重意味，这让张家丢尽脸面。要知道，夏庄是十里八村最好脸面的村庄。但这又有什么关系呢？过不了几天，张翠梅就找到我，让我陪她去跟周文雄借书。

如果你没有来过夏庄，你不会知道夏庄的春天有多迷人。张翠梅找到我时，我正打算躺在一棵葱茏繁茂的石榴树上睡觉。心灵手巧的周桂花用劈柴在石榴树上搭了一个巨大、造型复杂的喜鹊窝，就像有些庄户人家在自家屋檐下给乳燕搭泥窝一样。周桂花喜欢喜鹊，我也喜欢喜鹊，当然我们喜欢的方式不一样，确切地说，是我喜欢周桂花为喜鹊搭建的巢穴。我长那么大还没见过那么漂亮、温暖又舒适的房子。我在窝里垫了不少棉花、稻草和麦秸，有事没事就爬到里面，将喜鹊轰跑，然后香甜地睡上一觉。

那天，我在树上看着树下，张翠梅从树下看着树上。后来，她舔舔嘴唇说："张楚，你下来。"我没有搭理她，我甚至把布鞋脱下来，露出顶着大脚趾的袜子。张翠梅的脸就黑下来，不耐烦地吼道："你下来！你再不下来，我就爬上去把你的窝拆了！"

我知道她肯定敢这么做。腊月里，为了惩罚一个抽烟的男孩儿，她让他在屋檐下笔杆条直地站了半天。当男孩儿中午回家时，他的眼泪和鼻涕冻成了两行冰碴，一直从眼眶垂到下巴，看上去就像个衰老、哀伤的因纽特狩猎人。我只好乖乖从树上跳下来，搭上她肥厚、粗糙的手指。周文雄就住在我奶家的厢房，还没有开饭，他正跟几个工友聊天。厢房朝西，太阳把周文雄笼在一个粉红色的光晕里，他的皮肤、他的瞳孔、他的牙齿、他的手、他的白衬衣都染了炭火的颜色。他们正在讨论一件大事，所以他们的声音很小，他们说："桃源县的农村马上就要实行联产承包责任制了，以后个人种个人的地，个人收个人的粮。"当他们见到我和张翠梅，他们的声音马上弱了下去。也许在他们看来，当着女人和孩子谈论国家大事，是件危险的事情。

后来一个龅牙男人终于问道："是不是饭熟了？"张翠梅突然扭捏起来，轻声轻语说："没，没有呢。"龅牙男人又问："做的啥饭？"张翠梅嗫嚅地说："擀的面条，打的鸡蛋卤。"龅牙男人这才哦了声，然后嬉笑着去看周文雄，周文雄不耐烦地展了展眉毛，他们方才嘿嘿着走出去。

屋子里只剩下我们三个人。多年后我还会想起那个春天的傍晚。张翠梅和周文雄并肩坐在炕沿上漫无边际地聊天。他们之间的距离很远，每当张翠梅的屁股在炕沿上朝周文雄那边挪一寸，周文雄的屁股就会很自然地往后面挪两寸。他们聊的什么我也一点儿印象没有。说老实话，我对大人之间的事情一点儿都不感兴趣。还好，后来我在炕席里逮着了一只幼小的壁虎，我们刚刚学过《小壁虎借尾巴》，为了证明壁虎是否能真的能重新长出一条尾巴，我只好把它的尾巴硬生生地揪断了。壁虎就在炕席上扭来扭去。壁虎的尾巴还没有长出来，张翠梅就清清嗓子说："周技术员，我该去批改作业了，听说你有本《林海雪原》，能不能……借我……看看？"周文雄忙说："好啊好啊！"然后窸窸窣窣地从炕被底下掏出本破破烂烂的书。我听到张翠梅惊喜地呀了声，然后将书紧紧捂在胸口上。周文雄笑嘻嘻地盯着她说：

"张老师，您慢慢看，慢慢看，要是您喜欢，干脆送您好了。这书是我从县图书馆借的，我同学是那里的副馆长呢。"

当天晚上，周桂花教训了我一顿。她一边给我纳鞋底一边郑重地警告我说："要是再有人通知我你跟屁虫似的跟着张翠梅，哼哼……"周桂花瞭了瞭房梁，顺手扬起笤帚疙瘩狠狠地敲了敲墙壁，又把那条灰腈纶围脖在两手间用力抻了抻。我打了个寒噤，顿时感到肉皮子紧绷起来。

可三天后张翠梅要带我去还书时，我还是很爽快地答应了。我隐隐觉得，如果我不跟周桂花对着干，我就太对不起眯缝眼张翠梅了。

这一次，张翠梅跟周文雄在屋里待的时间要比上一次长些。当另外几个工人收工回来时，张翠梅跟周文雄关于少建波和小白鸽的话题还没唠完。为了继续探讨"革命时期的爱情”这个严肃又温暖的话题，他们俩只得带着我跑到村东的河边继续说。他们坐在河边说话，我就撒了欢地在河岸上乱跑，还给他们摘野甜甜吃。

野甜甜吃完后嘴唇是黑的，由于没带镜子，张翠梅只好蹲蹴在河边洗嘴唇。洗完后她望着周文雄说：“洗干净了吗？洗干净了吗？”周文雄摇摇头说：“没有呢，没有呢。”后来周文雄走到张翠梅身边，从裤兜里掏出块蓝格子手绢，递给了张翠梅，张翠梅就用手绢在唇边轻轻擦了擦。擦完后把手绢放在鼻子下闻。我在旁边看到了，觉得她可真够丢人的，一条脏手绢有啥好闻的呢？可周文雄看起来并不在意，他只是默默地朝她笑了笑。我听到张翠梅用肉麻的声音问道：

“周技术员，我把你的手绢弄脏了。等我明天洗完晾干后，再还给你吧。”

周文雄说：“这多不好意思啊，还是我自己洗好了。”

张翠梅说：“有啥不好意思的，你们辛辛苦苦地给我们打井，别说洗条手绢，就是把你们的衣服都洗了，也是应该的啊。”

我远远地看着他们，有些莫名的心酸。周文雄为什么不借给我手绢擦嘴唇呢，要知道，我吃的野甜甜比他们两个加起来还要多。

三

体育老师跟周文雄“决斗”的事，发生在半个月之后。这事在当时的夏庄非常轰动。体育老师姓张，长手长脚，猫着腰，走起路来一蹿一蹿的，曾经当过海军的韩木匠说：“瞧，这家伙多像是戴着脚蹼在海底游泳的人。”体育老师面无血色，嘴唇噘着，两撇胡须左右翘着。学生都怕他，学生怕他不是他长得各色，而是他经常拎把大刀在学校里练武。我记得那个时候《少林寺》还没在夏庄放映，他喜欢武术应该是源自家传。人都说他祖上给孙中山当过保镖，谁知道是真还是假呢。不过我们都知道他那把刀是真刀，不是野孩子们玩弄的洋铁片子。当他在烈日普照的操场上像羚羊那样跳跃、腾空，像陀螺那样旋转，像武生那样侧手翻，像狮子那样大声吼叫时，犀利的钢刃时常在阳光照射下反射出凛冽、森然的寒光。于是我们都觉得，这个腰身比狗虾还瘦的体育老师，其实是个身怀绝技的人物。

那天的情形我并没有亲眼见到，我是听周香云说的。周香云极少说话，她把那天的事结结巴巴地反复给我念叨了三次，说明这件事让她激动不已。据她说，她见到他们的时候，他们就已经在屋顶上了。他们怎么跑到屋顶上去的呢？周香云没说。周香云当时正在小卖部给张铁匠老婆称香油果子，听到屋顶上传来咚咚咚的脚步声，就慌忙出来观瞧。结果看到体育老师手拿大刀在后面狂追，周文雄穿条牛仔裤在前面疯跑。体育老师在奔跑的过程中不停咒骂，由于他奔跑的速度过于迅捷，没人听清他到底在骂些什么。据周香云说，她当时心揪到嗓子眼儿，体育老师的大刀那么长、那么厚、那么宽、那么闪亮，而体育老师那么瘦，她感觉就是一只常年患病的河虾怎么突然就长了一只巨大的蟹爪，而且，这只奇怪的水底动物在房顶上以百米冲刺的速度奔跑，老让人担心他随时要从上面跌落。周文雄呢？据周香云说他的表情相当严肃又相当无辜，也许他做梦都想不到，他为何会被一个戴着眼镜、手持钢刀的男人拼命追赶。当他们跑过房顶上的一个玉米囤时，周文雄实在跑不动了，他就杵着囤里的玉米跟体育老师商量："哥们儿，你能不能把刀扔了？你能不能把刀扔了？我们空手搏斗，你肯定不是个儿！"但是体育老师并没有上当，他举起大刀朝空气猛劈几下，然后生硬地回答他说："刀在人在，刀亡人亡。你要是想留条性命，就不要老缠着张翠梅！"说话间他又朝周文雄追去，周文雄只好围着玉米囤继续奔跑。据说，他们总共绕着玉米囤跑了十来圈儿，后来，可能他们都感觉头晕了，于是从房顶上鱼贯跳下。

"跳下来之后呢？"我问周香云。

周香云说："唉，一个接着跑，一个接着追呗。"

"后来呢？"

“后来，他们把夏庄的十二条街道都跑了个遍。全村的人都出来了，要不是你爷及时出现，估计他们会围着夏庄跑一辈子的。”

后来的事我倒知道。我爷把体育老师骂跑了，又命令打井队的人从家里搬出去。他们翌日搬到了大队的几间空房子里，就在小卖部的旁边。还是说说张翠梅吧，那天晚上，乡村女教师张翠梅遇到了她这辈子最严酷的惩罚。这个夏庄的语文老师被我爷用捆牲口的麻绳捆得结结实实——我爷参加革命前曾在滦州当过五年屠夫。她被吊在井边的一棵百年老槐树上。我们全家人，包括周桂花，全都一声不吭伫立在旁边，紧张地注视着我爷。我爷先在板凳上吸了一袋旱烟，然后开始了那场夏庄最著名的训话：

“你跟那个‘狗虾’到底啥关系？”

张翠梅哼哼着说：“啥关系？同事关系。”

我爷说：“听说你跟他看过一场电影？”

张翠梅冷笑一声：“除了我们俩，还有学校的全体老师。”

我爷说：“听说你跟他在饭馆里吃过饭？”

张翠梅说：“我还天天跟你们一个饭桌吃饭呢。”

我爷说：“听说你跟他去过他们家？”

张翠梅说：“他妈生病了，校长派我代表学校去看看。”

我爷说：“还有啥？你都说出来。”

张翠梅说：“啥都没有。他是个精神病。你为了个精神病把我捆起来？我不是猪，也不是狗，我是个人哪。”

我爷从板凳上猛地站起来，把烟斗甩给我，俯身从地上捡起根马鞭。鞭子很长，很亮，鞭鞘是新换的，甩着簇新簇新的红缨子。我爷挥动臂膀甩了甩马鞭。他都六十多岁了，可他的身板还是那么硬朗。鞭子清脆的声响就在我们耳朵边次第炸开。然后，这根鞭子就抽在张翠梅身上。

“我叫你嘴硬！我叫你嘴硬！”

那天傍晚，我爷总共抽了张翠梅三皮鞭。当他准备抽第四鞭时，周桂花把鞭子从他手上抢了过来。她什么都没说，径自走到井边把鞭子扔到井里。我爷看了看周桂花。他们都说：“我爷不给我奶面子，不给我爸面子，也不给我二叔面子，就只给周桂花面子。”看来这话倒没错，我爷愣了愣，从我手里夺过烟斗，而后转身大踏步走了。我们就把张翠梅从树上放下来，慌忙将麻绳解开，她一声都没哭。她身上全是落下的槐花，白的，一朵一朵的，落在她的脖颈里，落在她的碎花丝巾里，落在她的袖口里，落在她的黑色猪皮鞋里。

这件事后，张翠梅很长一段时间没找过周文雄。当然，那个会武术的体育老师也被学校给辞退了，他来我奶家找过几次张翠梅，都被我爷举着粪叉子赶跑了。后来这个人就再没有出现过，这让我在很长一段时间内有种错觉，仿佛他就是一只在地底下蛰伏了几年的蝉，他唯一的一次鸣叫就是在夏庄的房顶上，等那一天过去，他就死掉了。

关于周文雄，我再也没在我奶家见到他。他们搬到大队去住也有半个月了。那天，我去小卖部买大报本，周香云正低着头织毛衣。夏庄的人都知道她在给刘云鹏织毛衣。她已经马不停蹄地织了好几个月，可也只是刚刚织好一只袖子，而且据懂行的人说，就是那一只袖子也织“跑”了，将来肯定跟前襟勾连不上，怕是要返工的。有什么办法呢？周桂花曾经说过，她是世界上最拙的姑娘，看来这话倒有几分道理。那天，见到我时她并没有像往常那样朝我笑，她甚至连头都没点一下，好像我是个透明的人。这让我有些生气，于是我大声地喊了一遍她的名字，她这才瞄了我一眼。小卖部里很黑，只有午时，阳光才会透过两个焊着铁栅栏的窗口射进来，在丢满了草纸的地面上打些歪歪斜斜的碎格。而周香云当时就坐在那些碎格子里，空气里飘游的浮尘一粒一粒清晰可辨，有些颗粒沾到她发丝上，有些颗粒浮游到她鼻翼下，在她呼吸之间像蒲公英的茸毛一样安静地飘走。而她的脸庞在阳光下有种不真实的白，仿佛她的头部就是一尊乳白色的瓷器，若是用手去敲一敲，立马就会碎掉。我听到她长长地叹息一声，说：“你没啥好丢脸的，丢脸的只有‘狗虾’。你有啥错呢？你啥错都没有。”

这个时候我听到一声咳嗽。我眯了眼细细打量，这才发现，周香云的身后就站着周文雄。周文雄正靠着水泥货架子吸烟。他整个人都隐在黑暗中，只有他吸烟时，一点亮光才会挣扎着闪一下。

四

周文雄和周香云搞对象的事是被一个割草少年看到的。这个少年叫“得儿头”，他的这个名字是他奶奶给他起的。“得儿”在我们夏庄的意思就是男人裤裆里的那个玩意儿。我们夏庄的祖辈都喜欢给晚辈取一个粗俗下贱的名字，以保佑晚辈们有着旺盛而出色的繁殖能力。所以这少年即便是叫“得儿头”，也没有什么好丢人的。据“得儿头”说，那天，他照例去河边打野猪草。他打野猪草是因为他养了只獭兔，这只獭兔能吃能拉，他必须每天散学后打一粪箕子野猪草。野猪草哪里最多？河边。不过据他说，他那天早早就打完了草，躺在紫云英遍地的草地上看天空。已近傍晚，他还是在天空中看到一个奇怪的飞行物。

为什么叫飞行物呢？因为那个东西在动，它的模样就像一只中间部位隆起的盘子。“得儿头”以为是谁在放风筝。可春天已经过去了，再巧妙的匠人制作的风筝，如果没有漫天的狂风和飞沙，也不会飘到那么高的地方。“得儿头”还以为是从北京方向飞过来的飞机，那些迷人的飞机通常玩具般大小，银灰色机身，尾巴里喷射出一条又一条美妙的弧线。

可是这个飞行物不是银白色，飞行物也没有喷射尾线，这足以证明这个东西并不是飞机。“得儿头”只得把手掌搭在眉目上方，仔仔细细地观瞧飞行物。它慢慢向东边移动。刚开始，移动的速度很慢，他只要按照平日里行走的速度就能跟上。可是后来，那个东西飞得越来越快，而且时高时低，并且身体突然就变成了钢炉里铁水的颜色。“得儿头”感觉自己的眼睛被刺痛了，他忍不住揉了揉眼。当他重新睁开眼睛时，飞行物忽然变成了铁黑色，而且形状也发生了变化——它变成了马蹄的样子。他对马蹄太熟悉了，他父亲就是生产队里的饲养员，他经常跟他父亲一起给马钉马掌。当好奇的他跟随着那个“马蹄”越跑越快越跑越远时，他脚底下突然就踩到了两个软绵绵的东西，接着是两声痛苦的哎哟声。他只得停住步伐回头狐疑地看了看。然后，在葳蕤的草丛里，他看到两个人。

那两个人无疑刚刚也是躺在草丛里。“得儿头”有些后怕地往前凑了凑，他这才看清楚，这两个人，一个是夏庄的周香云，一个是县里打井队的周技术员。他们满脸通红地凝望着“得儿头”，嘴上说着：“没事儿，没事儿。”“得儿头”这才放心地点点头继续去追飞行物。可是飞行物消失不见了！“得儿头”感觉很失望，也很愤懑，也许他寻思如果没有这两个躺在草丛里的人，他可能就会把像变色龙一样来回变换颜色的奇怪飞行物捉到了，他的衣兜里总是揣着把弹弓和若干坚硬的泥丸。“得儿头”就把在河边看到周香云和周技术员的事告诉了学校里每一个他认识的学生。当然，也包括我。

我当初老想不明白，周香云怎么会跟周文雄在一起呢？应该是张翠梅跟周文雄在一起才对。于是，我只好把这件事告诉了周桂花。周桂花听了后，下巴都快掉下来了。可她还是装作镇定的样子挥挥手，颤抖着对我说：“你个碎嘴子！瞎说什么！这事不准告诉别人，尤其不能告诉你姑！听到没？”

我就拼命地点头。我拼命点头的意思就是，我肯定会把这件事告诉张翠梅。

张翠梅当时正在学校的办公室批改作业，办公室里除了她一个人都没有。听了我的话后，她仍然低着头塌着胸批改作业，只是她批改作业的速度骤然快了起来。我就凑上前，看到她连看也没看作业本，随手勾得全是鲜艳的红对号。我耳朵边全是钢笔笔尖沙沙沙的声响。后来她终于停下手中的笔，眯缝眼定定地睃着我，仿佛很为有我这样一个又漂亮又聪明的侄子感到欣慰。她静静地摸了摸我的头发，沙哑着嗓子断断续续地说：“快去上课吧，张楚，以后有什么最新消息……要第一时间报告给我……听到没？第一时间……”

我就得意地点点头。

周桂花知道了周香云的事后，周香云跑我家就跑得更勤快了。她通常低着头跟周桂花走进西屋，然后插上门闩，鬼鬼祟祟谈些什么。由于怕我听到，她们把声音压得极低极低，像在谈论一个秘密死去的孩子。可是不久，周桂花的声音就会高亢起来。有那么几次，她甚至骂了只有夏庄的泼妇才会说的脏话。而毫无疑问，这些包含着身体器官的名字确实是安在周香云头上的。我完全听不到周香云的声音，她本来就不爱吭声，何况，周桂花用那么尖厉的声音骂她。这经常给我一种错觉，仿佛是周桂花自己在对着一堵墙说悄悄话，说着说着就被墙的沉默惹毛了，然后精神失常般破口大骂。骂着骂着似乎又怕街坊邻居听到，声调就骤然降下来，然后是毛毛雨般的细语，滴答滴答间，她的声调就又浮升起来，那些诸如“不要脸的货”“骚 × 芯子”之类的话，犹如炒熟的黄豆般迫不及待地从洋锅里蹦出来。

“你个毛驴！不好好写作业，天天支棱着个耳朵瞎听啥！”那一天，周桂花突然从西屋蹿出来，连搡带踹把我轰到庭院里。

我只好去我奶家。我不但是周庄最好干净的孩子，我还是周庄耳朵最长的孩子。我要第一时间告诉张翠梅，周香云和周文雄不但经常跑到河边散步，不但经常在小卖部谈心，他们竟然还经常去县城的职工俱乐部看电影。他们已经看了两场电影，一场是《三打白骨精》，一场是《春苗》。他们还在大众饭店吃了三顿茴香猪肉馅饺子，周文雄吃了七两，周香云吃了三两，本来周香云还想吃大瓣蒜，但是被周文雄很礼貌地制止了。他跟周香云说："谈恋爱期间的男人和女人，最好都不要吃蒜。"他没有强迫她的意思，他只是温文尔雅地提醒她。于是周香云忍住没吃，不过，她还是偷偷往袄兜里塞了一个餐桌上最大的蒜头，忐忑不安地带回了家。

我咋这么聪明呢？我耳朵咋这么长呢？我觉得自己非常非常了不起，我又觉得自己非常非常伤心。我喜欢张翠梅跟周文雄好，我还想给他们摘野甜甜吃，我还想看到周文雄在我奶家的桑葚树下读书。

我没有去成我奶家。我在我家寨子门口碰到了张翠梅。张翠梅说："你妈在家吗？"

我说："在呢。"

张翠梅就往屋里走。

我讨好地说："周香云也在呢。"

张翠梅一愣，然后说："那更好。"

我们进屋子时，周香云已经从北门走了。她一定看到了眯缝眼张翠梅了。周桂花看到张翠梅时啥都没说，她们轻轻地把门掩上。可她们把我忘了，她们肯定想不到我会像一只鼹鼠一样把细长的耳朵紧紧贴在门缝上。

周桂花说："我知道你为啥要来。"

张翠梅说："听说周香云跟周文雄在搞对象？"

周桂花说："我知道你心里难受……"

张翠梅说："你是个能耐人，嫂子，再给我们撮合撮合吧。"

周桂花说："唉，你是个有文化的人，应该知道，强扭的瓜咋会甜呢？"

张翠梅说："嫂子啊，你比王母娘娘还有办法，你是妇联主任啊，你就给我说合说合吧，我求求你了！"

我听到屋内扑通一声。我听到周桂花哎哟了一声。我偷偷扒着门缝往屋里瞧，然后我看到了让我多年后仍然无法忘记的一幕。张翠梅跪在地上，双臂紧紧抱着周桂花的大腿，头颅伏在周桂花的膝盖间，就那么孩子般肆无忌惮地哭上了。她宽阔的双肩不停哀伤地抖动，仿佛这个世界上除了周桂花，就再也没有别的亲人了。我看到周桂花愣在那里，似乎想把张翠梅拉起来，可是由于张翠梅的骨骼比运动员的还粗大，很明显有些力不从心。她只得蹲蹴下去，不停拍着张翠梅的肩膀，摸着张翠梅的头发。张翠梅号哭的声音就更大起来。后来，张翠梅终于哭累了，径直站了起来，看了周桂花一眼。周桂花说："你放心好了，他们不会有好结果的。这句话我撂在这儿，你放心好了。"

张翠梅从这个屋子走出去后，有半个多月没跟周桂花说上一句话。有那么一天，周桂花领着我去村西磨玉米，在半路碰到了贺金玲。贺金玲就是"得儿头"的妈。夏庄人都知道贺金玲跟周桂花不说话。她们都不是夏庄人，但她们都当了夏庄的媳妇，只不过，她们当初都看上了同一个男人，那个男人就是我爸张金喜。

可那天，贺金玲很热情地朝周桂花打了招呼，她先夸赞周桂花的的确良衬衫很好看，问是不是从北京买的。她又夸赞我长得虎头虎脑，长大了肯定比张金喜还精神。周桂花绷着脸嗯啊地应答。后来，贺金玲笑眯眯地问："听说，周文雄甩了你小姑子，又跟你侄女搞上了？啧啧。"周桂花拉着脸不吭声。贺金玲又笑眯眯地问："你这胳膊肘咋往外拐呢？好歹是张金喜的亲妹子啊。"周桂花还是不吭声。贺金玲就叹息道："唉，你个女人家也不易。男人外头当兵，当兵好是好，可三年五载不回趟家，冬天连个暖炕的人都没有。"周桂花拉了我就走，贺金玲仍旧笑眯眯地问："你知道吗周桂花？听说年底就要分地了，到时候自家种自家的地，你这么个金贵的人，拉扯着个孩子，又没帮手，不得累得拉稀？"

那天晚上，周香云又来找周桂花。她支吾半天方才把事说明白，她打算让人给卖花椒面儿的刘云鹏捎信，打算两个人"拉倒"。周桂花正在灶台上给我烙白薯饼，她把面团从铝盆里抠出来，啪的一声甩到锅里，然后系着围裙绕着锅台不停用铲子翻转。她那么专心，仿佛她不是在烙饼，而是在烧制什么贵重的瓷器。不久白薯饼的甜味就从锅里溢出来，周桂花这才站直腰身，把手上的面粉搓干净，双手叉腰瞥了周香云一眼。

周香云就不敢说话了。周香云就转身走了。

五

刘云鹏从关外赶回来了。

刘云鹏到达夏庄那天，首先在村头遇到了韩铁匠。韩铁匠正在给生产队修理铁锹铁镐，看到这个风尘仆仆的外乡人，韩铁匠本应感到眼熟。去年，韩铁匠曾经抱着他六岁的老儿子站在我舅舅家屋檐下，兴趣盎然地欣赏刘云鹏抑扬顿挫、老少咸宜的“十三香”唱腔。可是那天，当刘云鹏问路的时候，韩铁匠只是手里拿着电焊呆呆地打量他。周香云和周文雄搞对象的事，夏庄的人全都知晓了。当刘云鹏操着大苞米楂子的东北腔问韩铁匠，周香云家到底是在第八条街还是第九条街的时候，韩铁匠说了第一句让他后悔的话：“你找周香云干啥？”

据说，当时刘云鹏一下愣住了。他拍拍装满了花椒大料的黑色人造革皮包，粗声粗气地说：“我找她干啥？你说我找她干啥？我是她对象！”

韩铁匠前天晚上肯定没睡好，要不就是他的脑袋出了问题，因为这个时候，他说了第二句让他后悔的话：“咦？周香云的对象不是周文雄吗？”

刘云鹏瞪着韩铁匠。据韩铁匠说，当时这个头戴前进帽、脸比老丝瓜还长的人眼睛差点儿就喷出火来。然后，刘云鹏就说了一句让他一辈子都忘不掉的话：

“周文雄？周文雄是用柳树叶碾的假花椒面儿！我才是货真价实的真花椒面儿！”

那天我刚巧掉了门牙，不是掉了一颗，而是掉了两颗。周桂花叮嘱我一定要把两颗门牙都埋到土里，这样门牙才能顺利地长出来。当我舅舅派人给周桂花捎信，说刘云鹏到了，让她立刻过去看看的时候，周桂花就把我掉门牙的事给忘了，我听到她不停地叨叨：“这个傻丫头，不可能给他捎信啊……这个傻丫头，难道真给他捎信了？”她嘴里嘀咕着用凉水稀里哗啦洗了洗脸，涂了厚厚一层雪花膏，又坐在炕沿上沉默半晌，这才领着我一路小跑去了舅舅家。

我舅舅是个哑巴。即便他不是哑巴，面对着刘云鹏肯定也说不出话。我还记得虽然快到夏天了，刘云鹏还戴着那顶深蓝色的前进帽，仿佛那顶帽子就是他的头发。他身上的布裳很干净，只是浑身飘散着花椒、桂皮、丁香、茴香、良姜、甘草、肉蔻和砂仁的味道。他不但给周香云带来了一件夜来香色的连衣裙，还给我舅舅买了两瓶茅台酒。夏庄有几个人喝过茅台酒呢？一个都没有。我舅舅不停搓着手，不晓得是否应该去隔壁借两个鸡蛋款待刘云鹏。

周香云呢？周香云那几天跟周文雄跑到县城里去了，已经去了整整三天。周桂花见到刘云鹏时，首先就把周香云出门的消息告诉了他。周桂花是这么说的：“云鹏啊，你来得可真不巧，香云去她天津的姨妈家了。老太太出了车祸，需要个手脚灵便的帮忙伺候。唉，你该回来前先捎个信啊。”

人们听到刘云鹏对周桂花说：“姑，那我就在这里等五天吧。如果五天后她还回不来，我就回东北了。”

刘云鹏就在我舅舅家住下来。在夏庄的五天里，刘云鹏展示了一个好庄稼人的巧妙。他先把我舅舅家那张瘸腿的桌子修理好了，又把一根断裂的椽子用废铁做成支架支起来。庭院里的葡萄秧还没掐蔓，刘云鹏就踩着板凳一棵一棵地掐，边掐边哼着“十三香”小调。我舅舅家有两只瘦弱的约克猪，一只公的一只母的，已经养了一年，可就是配不上种。刘云鹏听说后，立马脱掉鞋子光脚蹦进猪圈，一个人在里面哼哧哼哧地忙活好一阵儿。从猪圈里跳出来后手脚也顾不得洗，拍拍我舅舅的肩膀兴奋地说：“您老放心好了，这回保准能生猪崽！”他的话一点儿没错，几个月后，那头倔强又骄傲的母猪真的下了十五头猪崽。

可是五天后，周香云仍旧没有回来。刘云鹏在第五天头上，很隆重地拜访了周桂花。他送给周桂花十包“十三香”，又毫不吝啬地送给周桂花一套银光闪闪的餐具，这套餐具多年后周桂花仍然在灶台上使用，它包括一个大马勺、一个水舀子、一个铁铲、一个漏勺和一口铜锅。

周桂花就是这个时候忍不住说了实话。也许她觉得，如果她再瞒着刘云鹏，那么她就真的对不起刘云鹏了。她把刘云鹏拉到西屋，两个人在里面待了小半天。当他们从屋里慢慢腾腾地走出来时，我们听到刘云鹏说道："姑，我再等两天吧。如果两天后她还不愿意见我，那我就彻底死心了。"

周桂花说："你待多长时间我们都不介意，我们心里只认你这个姑爷的。"

刘云鹏也是这个时候忍不住说实话。他说："姑啊，从关外回来前，我就知道她跟周文雄的事了。"

周桂花惊讶地哦了声，良久才叹口气说："唉，我以为我是法海，我以为我能用雷峰塔把她镇住。看来是我错了，我根本就不是法海，她也根本不是白素贞。"

刘云鹏说："这你倒错怪她了。她没给我捎过信，她没跟我说过要黄了这门亲事。"

周桂花似乎稍稍好受些，她狐疑地盯着这个老伸手拽帽子线头的男人。男人就说："你们村是不是有个语文老师，叫张翠梅的？"

周桂花说："有。"

刘云鹏说："她跟我妹以前是同学，她要了我的地址，给我写了封信。"

周桂花什么都说不出来。

刘云鹏就在夏庄又待了两天，这两天里他曾经去夏庄小学找过张翠梅，可能是想表示感谢吧。不过，张翠梅并没有见他。我倒是在学校里见到了她，她跟一帮上了年岁的老师有说有笑地打着扑克牌，还故意让人家看到她在偷牌，被人家逮住时，她爽朗地哈哈大笑起来，她笑得那么厉害，连耳朵都跟着抽动起来。刘云鹏在学校门口溜达了会儿，就赶紧帮我舅舅去栽茄子秧了。

刘云鹏离开夏庄那天，看他的意思，他本来要在舅舅家门口唱上一段，可周桂花阻止了他。她是这么对刘云鹏说的："周香云不识货怪她有眼无珠，云鹏啊，你是个人见人爱的好孩子，你是个顶天立地的男子汉，将来肯定会娶个桃源县最漂亮的姑娘，到时候，姑肯定去喝你的喜酒。"

刘云鹏的泪水就是这时从他精光四射的眼睛里流出来的。他无疑是个很有礼貌又懂得节制的人，边咧着嘴无声地哭边和我舅舅、我舅妈、我表哥、我三姥爷、周桂花一一握手告别，他甚至弯下腰去很隆重地握了握我的手。这是我有生以来第一次跟人握手，所以我很快将手从他长满老茧的手心里不情愿地抽出来。握手之后，他又特意数了数黑皮包里的花椒面儿。据周桂花说，他可能还想送给我舅舅几包"十三香"，可是不知道什么缘由，他把掏出来的香料又一袋袋塞回人造革皮包，然后他转身就骑上自行车头也不回地走了。骑出去一百米后，他突然摘掉前进帽，扭过身子朝我们用力地挥了挥胳膊，同时大声喊着什么，通过他夸张的嘴形，我们可以判断他在说：“再见，再见！”他的帽子晃了足有一分钟，我们这才看清，他其实长着一头非常浓密的鬈发，黑黑的，像本地那种卷毛狗的毛发。周桂花这才放心地叹了口气。据她说，她原本一直担心，这个满口东北腔的周庄人其实是个秃子。

周香云从县城里回来时，夏天就要到了。夏庄的夏天是专门为孩子准备的：金盏花、大丽花、指甲花、鸡冠花、蔷薇给女孩儿；麦田、麻雀、野鸽子、蝈蝈、青蛙、河流给野小子。我每天都忙得顾不上回家，只有等到天黑，我才会悄悄跑回来。周桂花经常出去参加集体劳动或者到公社里开会，我就爬上我的石榴树睡一觉。六月天，石榴花全开了，花瓶颈样的火红花朵将我裹在里面，我摸着两颗还没长出来的门牙，觉得自己就是个刚诞生的婴儿。

六

周文雄离开夏庄有段时间了。打井队的到了夏天，就会像候鸟一样从县城的北边迁移到南边。周文雄离开夏庄时，周香云的毛衣还没织好。这毛衣本是周香云织给刘云鹏的，不过后来她把织好的一只袖口秃噜掉，从滦州集上添了八两毛线，打算给周文雄织款最流行的样式。

周文雄离开后的那几个月，我们家发生了很多事。譬如，我爸休探亲假回来，给我买了好几袋大白兔奶糖，这直接导致了我的两颗门牙好长一段时间都没有长出来，我悲伤地发现，我成了一个没有门牙的男孩儿，我不能吃花生，不能吃豆子，不能嗑瓜子，不能咬铅笔头，我甚至连一块玉米饼子都嚼不烂了。说实话，我一点儿都不喜欢这个长得跟我很像的“陌生人”。那天，我不留神把他的“上海牌”手表摔碎了，他就想也没想收拾了我一顿。我本来盼望他收拾人的方式能跟周桂花有点儿区别，结果却让我很失望。他用周桂花的那条腈纶围脖把我吊到房梁上，用笤帚疙瘩轻柔地抽我，同时用他毛茸茸的大手揪我漂亮的长耳朵。

我姑姑张翠梅有一天去县城里开会，半路上突然被公安局的人带走了。据回来报信的人说，张翠梅跟一群衣衫不整的人一同上了警车，她神情呆滞，仿佛失去魂魄一般。她甚至都没听到报信的人在大声呼喊她那既脆生又水灵的名字。

张翠梅是在县城的芦苇荡里被人抓走的。据说，一大帮年轻人，有男有女，有待业青年也有国营钢厂的工人，他们在河边的芦苇丛里开着录音机跳舞，也许由于天气太热，男青年便脱了上衣，跳着跳着还是太热，他们只得脱掉长裤穿着裤衩跳。不晓得怎么就被过路人举报了，公安局的派了三辆警车才把他们全部拉走。公安局觉得这件事很严重，这样集体淫乱的事桃源县可从来没有发生过。

当我爸托人弄脸地把张翠梅弄出来时，我爷的皮鞭早备好了，不过听了张翠梅的解释后，我爷并没有把她捆起来吊到树上。张翠梅说，她那天去县里开会，还没出县城就看到个人，从背影看上去，特别像周文雄，于是她就忍不住跟着他走。当她说"忍不住"这几个字时，她神情恍惚起来，这也是让我爷既生气又心软的地方。走着走着她就到了芦苇荡里，里面一帮男女正在跳舞。不过她并不知道他们跳的是什么舞，她也不关心他们到底跳的是什么舞，她只是来找周文雄的。

"那个人到底是不是周文雄呢？"周桂花问。

张翠梅就瞟着白眼说："咋会是周文雄呢？你也不想想，周文雄能做这种事嘛！"

不过，周文雄倒是真的很长一段时间没有给周香云写信了。周香云秋天时得了场病，周文雄倒来夏庄看了她一次，给她买了几瓶上好的山里红罐头。他还像以前那样穿白衬衣，白衬衣最上面的纽扣并没有系上，而是露出点儿胸膛，那双尖头皮鞋呢，也没有沾一点儿灰尘，唯一的变化就是他手臂上的汗毛比以前更浓密了。过不几天，周香云给他织的毛衣终于织好了，就专门去打井队找了他一次。他依然不在，周香云只好托打井队的工人捎给他。

那天，周香云从打井队回来后，神色慌张地跑到我们家。

周桂花看也没看她一眼。我的门牙虽然还没长出来，但这并不妨碍我仍是个聪明干净的男孩儿。我知道周桂花不喜欢周香云了，谁让她不听话呢。周桂花就喜欢听话的孩子。那天，不听话的周香云并没有介意周桂花的冷落，而且一改往日里闷头闷脑的样子，喋喋不休地讲起她在半路上遇到的事。她是从县城步行回来的。她说她的心情一点儿都不好，走到姜泡村时，她就坐到一块玉米地的旁边歇了会儿，这个时候她感觉百米开外，有个骑自行车的人停了下来，她也没在意，只当是过路人。歇了会儿她就接着走。不经意回头间，身后仍隐隐跟着个人。周香云素来胆子小，小时候经常被黄鼠狼迷住，她就哆嗦着侧身躲进玉米地，当她探头探脑地再去张望，那个骑自行车的人刚好到了她跟前。

“你猜那个人是谁，老姑？”周香云有些兴奋似的问。

周桂花摇摇头，继续纳鞋底。周香云只得说：“是刘云鹏啊老姑！”

周桂花这才放下手里的鞋底和针锥子，狐疑地望着周香云说：“他不是回东北了吗？”

周香云说：“老姑哇，他要是回了东北，我就不会在半路上遇到他了。”

据周香云说，刘云鹏推着自行车跟她说了好长一段时间。他都说了什么？其实他也没说什么，无非是些嘘寒问暖的闲嗑。周香云倒是一句主动的话都没有。她能说什么？她把人家的亲事都黄了，人家大老远地来看她，还给她父亲买了茅台酒，给她买了连衣裙，给她姑妈送了一套精美昂贵的灶具，给她的三叔送了好几包纯正的花椒面儿。她能说什么呢？她只有装傻装哑巴。

“后来呢？”周桂花问。

“后来，他就骑上自行车走了。”周香云擦擦额头的汗，“当时可把我吓坏了，我以为他要报复我呢。”

周桂花哼了声，扭过身子继续去纳鞋底。

夏庄的秋天总是凉凉的。树叶一夜间似乎就变黄了，地里的苞米、花生和白薯就要熟了，生产队又要忙着派人护秋了。虽然那些大人三五成群地在野地里走来走去，可仍然不能阻止我那天偷了满满一裤兜的落花生。我一边走一边用槽牙嚼，一边用舌头舔着我的门牙。这个时候，我看到周香云朝我走了过来。

这是周香云第一次带着我去见刘云鹏。我以为我这辈子再也见不到这个喜欢跟人握手辞别的花椒面儿商人了。可刘云鹏就站在村东的河岸上等着我们，他还戴着那顶漂亮的前进帽。见到周香云时，他的丝瓜脸就变宽了。他挺了挺腰板，清了清喉咙，然后严肃地报告给周香云一个惊人的秘密。他说，前天，周文雄去相对象了。那个女的是棉麻公司的现金保管员，长得挺丑，脸上还有十几个雀斑。周香云当时张大了嘴巴望着他，他似乎就更得意了。为了证明他说的话没错，他甚至报出了媒人的名字。见周香云仍然不信，他只好又说出了相亲的地点。

周香云半晌才问道：“你咋知道这些事的？”

刘云鹏就斩钉截铁地说：“我想知道的事，我就肯定能知道。”

周香云又问：“这些事跟你有啥关系？”

刘云鹏的胸腹就迅速地起伏起来，他转过头去看河里游泳的几只野鸭子，闷声闷气地回答说：“跟你说老实话吧，其实我回来后，就再也没回过东北。”

周香云牵着我转身就走了，边走边大声对我说：“别舔你那颗门牙了！听到没有！”我只好把舌头从门牙上卷下来。我当时真的有些怕她，她从来没有这么大声地训过我。

周香云第二次带我去见刘云鹏，是在四五天之后。我们站在那些枯黄的草地上，成群的蚂蚱从我们脚边敏捷地跳过，不时有巴掌那么肥大的杨树叶子簌簌地落下来，其中有一片落到刘云鹏的前进帽上。刘云鹏仿佛看见了一般，直接用散发着香料味道的手把叶片拿下来，然后放在手里来回摆弄，仿佛他不是来通风报信，而是专门潜心研究那些迷宫般的纹路。后来他抬起头，吧嗒着眼睛盯着周香云说，有些话她肯定不愿意听到，但是，他还是有义务向她仔细地汇报汇报。

他说：“周文雄和雀斑姑娘这三天里总共约会了两次，一次是在大众饭店。两个人点了盘爆炒腰花，周文雄还要了壶老白干。雀斑姑娘满脸通红地给周文雄夹腰花时，周文雄就笑着问雀斑姑娘，从现在起就让我补身子啦？雀斑姑娘用筷子打了一下周文雄的额头，周文雄就顺势抓住了人家的手。就是这个样子，就是这个样子。”为了让他的叙述更生动，刘云鹏突然一把攥住了周香云的手，用力地晃了几晃，然后慌忙羞怯地撒开。艰难地咽了口吐沫后，他继续补充说：“另外一次呢，还是在大众饭店，看样子，他们已经把这个肮脏的国营饭店当成了谈恋爱的据点。不过这一次他们没点爆炒腰花，而是点了两大碗茴香馅水饺。雀斑姑娘胃口很小，一大半都拨给了周文雄。当周文雄剥开紫皮蒜打算放进嘴里时，雀斑姑娘说话了。她嗲声嗲气地说：‘别吃蒜！跟我在一起的时候，不允许你吃蒜！’周文雄就忙把紫皮蒜扔到油腻的桌子上，赔着笑盯着雀斑姑娘，仿佛雀斑姑娘脸上的雀斑不是雀斑，而是粒粒昂贵的肉蔻和陈皮、大料和砂仁。”

周香云的脸比刚出土的嫩蒜瓣还白，她死死盯着刘云鹏问：“那个女的真是这么说的？你真听清了？”

刘云鹏急忙说：“这些话我咋能编出来？我有那能耐吗？”

周香云就牵着我的手回家了。我这次没敢用舌头舔门牙。我听到周香云颤抖着声音对刘云鹏说：“求求你，以后别来找我了。我真的不想看到你了。”我就扭头去看刘云鹏，刘云鹏推着自行车站在杂草丛生的岸边半天都没有动弹。我看到他后来呆呆地把前进帽摘下来，用手仔细地捋了捋他茂盛、黝黑的鬈发，然后骑上自行车走了。也许他有些心不在焉，骑了没两步，自行车就缓缓地倒在草丛里。他很快站了起来，佝偻着腰拍拍身上的草叶和尘土，推着自行车走了一段，然后才小心翼翼地骑上。我本来希望他能转身朝我们有礼貌地挥手告别，但是很遗憾他没有。我看着他的身影越来越小，越来越小，小到蚂蚁般大小，然后就彻底消失在蔓草丛生的岸边了。

七

周桂花不知道周香云的事。我什么都没跟她说，我也不清楚我为什么没说。我的门牙掉了，我的耳朵也短了。也许我当时最关心的是，我的牙齿到底什么时候能顺利地长出来。我也不知道刘云鹏是否还找过周香云，周香云也没再拉着我去河边听这个卖花椒面儿的打报告。我唯一记得的是，三天后，周香云收到了周文雄的一封信。

周香云拿着这封信来我家时周桂花正坐在炕沿上走神儿。前天我家分到了地，可这正是让她发愁的原因。她发愁的原因有两个：一是她手气不好，抓阄抓的地段偏，离夏庄八里地，土质也不好，种啥死啥；二是谁会帮我家种地呢？

张金喜是指望不上的，她也不是个种庄稼的好手。周香云蹑手蹑脚进了屋，周桂花淡淡扫了她一眼，问道："又咋了？"

周香云红着脸说："老姑，你看看，这信到底是啥意思？"

这封信是用红钢笔水写的。信不长，就短短两行。我伸着脖颈偷着瞅了两眼，好像有什么"友谊天长地久，革命来日方长"之类的话。周桂花看完就傻眼了。她把信塞回信封，盯着周香云看，看着看着忍不住去摸周香云的头发。周香云就问："老姑，这是啥意思，你快给我说说。"

周桂花半晌才说："搞对象的分手了，才会用红钢笔水给对方写封信。"

周香云那天晚上就住在了我家。她已经不会走路了，她甚至不会说话了。她躺在我们家的炕头上，动也不动，仿佛她是截腐烂多年的椽子，哪怕打个喷嚏都要散架。周桂花招呼她吃碗平时最喜欢的玉米楂白薯粥，她也丝毫没有反应。直到半夜，她才直愣愣地从炕上耸身坐起，面无表情地对周桂花说："老姑，这可咋整？我是啥都给他了。"

周桂花就是这时把枕头狠狠扔到地上的。枕头着地时碰到了洗脸盆。周桂花就光着脚下了地，又把洗脸盆踹到一边。后来，她坐在凳子上像寒号鸟那样打着寒噤。周香云劝她赶紧回被窝暖和暖和，她这次恶狠狠地骂周香云说："你个傻丫头！你个没心没肺的傻丫头！过两天跟我到打井队去找他！”

去打井队那天正是滦州集，下起了小雪。周桂花从大队借了匹老马，自己赶着马车拉我们去县城。我们都有谁呢？有周香云，有我，还有张翠梅。这事本来跟张翠梅没有关系，我们的马车走到夏庄村头时，正赶上张翠梅满头热气地跑步。她是我们村唯一一个晨起跑步的人。她远远地朝我们喊：“你们娘儿仨去干啥？”周桂花没好气地说：“我们要去县城。”我知道周桂花还在生张翠梅的气，怪她给刘云鹏写了那封信。张翠梅问：“去县城干啥呢，下雪了，别把张楚冻着！”周桂花想了想说：“我们去找周文雄。”张翠梅愣了愣，周桂花继续说：“我们要去打井队找他领导。他这个流氓，把香云给甩了。”张翠梅想也没想就说：“我也去！人多力量大，我去了能给你们壮胆！”周桂花没有拒绝，也没有同意，反正张翠梅已经像只敏捷的羚羊一样跳进马车里来了。她就跟周香云面对面地坐着，不过，她们俩谁也没跟谁说话。

我记得在途中，雪粒子打在脸上有点儿疼，那是入冬以来的第一场雪。张翠梅和周香云用棉被把我浑身上下裹起来，把我挤在她们中间。她们温热的鼻息喷到我脸上，痒痒的，我就在马车颠簸声中慢慢睡着了。等被周桂花捅咕醒时，我们已经到了县打井队。

周桂花吩咐周香云和张翠梅在外面等着，伺机行事。然后牵着迷迷糊糊的我去找打井队的领导。打井队的副队长是个满脸络腮胡的男人，他很热忱地接待了我们。周桂花说："我是周文雄的姨妈，找他有点儿急事。"副队长说："他今天没上班啊。"周桂花毕竟是见过世面的人，她慢条斯理地说："唉，又没见着这个小王八羔子，真是花喜鹊尾巴长，长大一点儿就忘了姨娘。"她的话让队长大笑起来。他说："你外甥刚才跟他对象去职工俱乐部看电影了，十点的场。他对象是棉麻公司的现金保管员，漂亮着呢！如果不出意外，年后你就能喝上他们的喜酒了！"

周桂花转身就走。她走得很快，她几乎就要飞起来了。

周桂花赶着马车拉着我们到达职工俱乐部时，我首先看到了一座大水库，我们从马车上次第跳下来，又把那匹瘦马拴在大水库旁的一条胡同里。胡同里有好几个粗壮的拴马桩。后来，周桂花就挺着胸脯领着我们往台阶上走。台阶非常长，也非常高，我产生了一种错觉，仿佛此刻我正走在宏伟宫殿门外的台阶上。走了两步我就累了，累的话我通常要赖，周桂花就命令张翠梅背着我。张翠梅就把我背到俱乐部的大门口。大门口聚了好多年轻人，他们顾不得下雪，嘻嘻哈哈地说话、嗑瓜子、吃糖葫芦，追逐着乱跑。俱乐部的大喇叭里，一个尖声尖气的女播音员正在声嘶力竭地广播："由著名影星赵静和王伯昭主演的——精彩故事片《笔中情》——马上就要开演——还没入场的观众——请您抓紧时间检票入场——精彩故事片《笔中情》……”

我们在台阶上等了半天。台阶上很冷，我就不停地跳，像袋鼠那样不停地跳。跳着跳着就把周桂花惹烦了，她走过来照着我的屁股踢了两脚。我就跳到另一边，远远地观望着她们。我看到周桂花不时表情凝重地俯下身，在周香云耳边嘀咕着什么。周香云不时地点点头，又不时地摇摇头，然后我看到周桂花掐了两把周香云的脸蛋。我知道周桂花只有在极度愤怒时才会掐别人脸蛋，接下去闹不好就会把人吊在房梁上用笤帚疙瘩抽打了。周香云这才拼命地点头。周桂花似乎放心了，然后她把双手插在军大衣的兜里，用鹰隼般的目光居高临下地俯视着来往的人群，仿佛焦急而缜密地搜寻着自己的猎物。

当周文雄终于出现在我们的视线里时，我都快冻僵了。我的手指都伸不直了。还好，我的舌头还能够到我的门牙。天那么冷，周文雄还是把上衣搭在胳膊上，一件浅绿色高领毛衣露出来。这正是周香云花了四个月、在光线昏暗的小卖部里给他织的毛衣。他穿在身上非常合身，就像一棵刚刚从土壤里拔出来的羊角葱。紧挨在他身边的是位梳马尾辫的姑娘，她边听周文雄眉飞色舞地说着，便咯咯咯地笑着。当他们走到俱乐部门口时，周文雄点了支香烟，然后悠闲地扫视着人群。当他在人群中扫到我们时，他的脸瞬间就白了。他站在我们对面，安谧地凝视着我们，仿佛不认识我们一般，同时他红润的嘴唇轻轻颤抖着，似乎想说话又不敢说的样子。后来，在喧闹的声音中，他终于走到我们跟前。走到我们跟前的他既没有看周香云，也没有看张翠梅，更没有看我。他只是对周桂花说："老姑，你们……怎么来了？"

周桂花从鼻孔里重重地哼了一声，瞥他一眼，又去瞥周香云。周香云始终低着头。周桂花就使劲掐了一把她的脸，大声说道："你个闷嘴葫芦！还傻愣着干啥！还不给我往前走！"

周香云就畏畏缩缩地往前迈了一步。她站在周文雄跟前，足足比周文雄矮了半个头。这时周桂花又喊道："周香云！抬起你的眼睛！"

周香云迅速地仰望周文雄一眼，然后又迅速地把头低下了。

这时我又听到周桂花喊道："周香云，抬起你的右手！"她的声音又饱满又热情，仿佛是我们学校的体育老师在操场上喊着威严的口令。

张翠梅、周文雄、周文雄旁边的姑娘以及一些等待入场的观众，都把目光移向周桂花。周桂花那天穿着件男式军大衣，她头发短短的，眼神冷峻，就像个男人般冷漠地站在那里。我从来没有见过她这副架势。我只有舔着我的门牙缩到张翠梅身后。

这时，周香云木偶一样缓缓抬起了她的右手。她的右臂在半空中弯曲地悬着，红润的粗手指僵硬地张开，仿佛随时要去抓住从天空中掉下的大朵大朵的雪花。有那么片刻，她忍不住扭头去看周桂花，周桂花把双手从军大衣的兜里掏出来，叉腰站着，就跟她平时在公社里开会的姿势差不多，蹙了蹙眉头，大声喊道：

“周香云！用你的右手扇他的左脸！”

周香云咬着嘴唇，手哆嗦着。她看了周文雄一眼，又看了他身边的姑娘一眼，然后，她的手就打了过去。我们都听到了那声清脆的响声。我在张翠梅身后不禁哆嗦了一下。我觉得太冷了，我马上就要冻僵了。

每个人都愣住了，连卖冰糖葫芦的老头儿都扭着头往这边瞅。这时，我又听到周桂花喊道：“周香云，抬起你的左手！”

周香云想也没想就抬起了她的左手。周桂花就接着喊：

“周香云！用你的左手扇他的右脸！”

周香云这次不再犹豫了。她的手非常迅捷地打在了周文雄脸上。很明显，这一次她的气力要比上一次大，因此响亮的耳光声再次在漫天雪色中炸裂时，周围突然就神奇地安静肃穆起来，几乎是所有的人，都目不转睛地看着我们。我突然难受极了，我也不知道我怎么会那么难受。我知道人难受时就会放声大哭，但是我不敢哭，我只好挤在人群中东张西望，我就是在东张西望时恍惚瞅到卖花椒面儿的刘云鹏。他似乎也瞅到我了，但他只是冷漠地扫了我一眼，就去看周桂花。刘云鹏怎么会也在这里？他为什么不搭理我？我只好再瞅他一眼。他仍然戴着那顶优雅的蓝色前进帽，丝瓜脸似乎比以前更长了。他努力地伸着脖颈使劲朝我们这边张望。他在看热闹吗？我仿佛闻到了呛鼻子的花椒面味儿。我忍不住剧烈咳嗽起来，这时周桂花紧紧拉了我的手，昂首挺胸、三步并作两步地往台阶下面走。周香云和张翠梅像两个丫鬟似的紧紧跟随在我们后面。当经过周文雄跟雀斑姑娘身边时，我听到周桂花冷冷地说：

“以后别穿着一个女人织的毛衣，去跟另外一个女人看电影。”

八

那天从滦州镇回来时，天色还早，可是因为下雪，天压得很低，仿佛一伸手就能够到。周桂花赶着马车，周香云、张翠梅跟我盘腿坐在后面。周桂花地虽种得不好，可无疑是个称职的车把式。她大声地喊着：“捶！捶！驾！驾！拊！拊！”老马很听话，我也很听话。周香云用一条红围脖把自己的脖子和脸庞裹得密不透风，只露着双浆果那么浓黑的大眼睛。张翠梅呢，从职工俱乐部到回家的路上，连一个字都没说，她只是不停用嘴唇呼着哈气暖手，然后再用她的手暖我的小老鸹爪子。下雪的村庄总是很静，虽然是白天，但好像是所有的村庄都睡了。在半路上，我们只遇到了一个拾粪的老人和一条黄褐色的狗。那条狗估计怀孕了，拖着大大的肚子跟着我们的马车小跑了很长一段时间。当路过姜泡村时，我听到了嘤嘤的哭声。除了周香云还能有谁呢？她把手捂在眼睛上，似乎怕眼泪冻成冰碴。后来，张翠梅也开始抽搭起来，不过她的声音比周香云的还细小，如果不仔细辨听，只是以为她在粗重地呼气吸气。

周桂花是啥时候哭起来的呢？我全忘了。周桂花哭的声音很大，是没有掩饰没有遮拦的那种大，每哭一声，她的鞭子就响亮地抽在那匹老马身上，老马就加紧步伐一溜小跑，让我们的身体在疙里疙瘩的黄土路上颠簸得更为厉害。我瑟缩在棉被里一声都不敢吭，我陪着三个哭泣的女人赶了很长一段时间的路。后来，我也忍不住哭了。我没想到我会哭出声来，我也不知道我为什么要哭。反正，我的哭声跟她们是不一样的，我的声音比她们要粗，这又有什么好害臊的呢？雪下得越来越稠，越来越密，大片大片肥硕的雪花打得人连眼都睁不开，我的鼻涕也冻得流下来了。

后来，是的，后来，我只好偷偷地用张翠梅的衣角擦了擦鼻涕，擦完后连忙拿眼角去瞄她。她已经不哭了，不光她不哭了，周香云也不哭了。我不知道周桂花是不是还在哭，但是我知道她没再用马鞭抽那匹老马。她不但没抽它，反而跳下车辕，从麻袋里倒些料草到雪地上。老马就垂了头甩着尾巴细细地嚼。老马吃草吃得很香很甜，我的喉结也禁不住转动起来。知道我当时最想干点儿什么吗？那时最想做的一件事就是，在我的石榴树上铺一床棉被，再盖两层棉被，嘴里嚼着大白兔奶糖暖暖地睡一觉。这样，等我第二天醒过来，我的两颗门牙就长出来了。

夏朗的望远镜

一

夏朗跟方雯以前不熟，上班不过三两年，又都在下面的分局，所以说，虽然在一个单位共事，也只是开全体会时恍惚打过照面。说没印象呢，是假话，这姑娘烫一头黄金卷，煞是扎眼，瞅人时左顾右盼，用同事们的原话说就是：“这姑娘呀，眼贼着呢。”说印象深呢也是假话，他极少想起她，或许偶然想起过？可即便想起，恐怕也只是似笑非笑一张脸，眉眼如何倒不是很清楚。说起来，他跟她的事还得感谢单位。如果没记错，那个夏天极少下雨，即便下了雨，也只是鸽子粪那样稀稀拉拉的几泡。就是在那个瘦骨嶙峋的夏季，他们在市里足足蹲了一个半月。

事情是这样的，省里新来了位姓李的局长。关于这位局长，传言甚多，不过有一点可以确凿，他上任之前，曾是某高官的秘书。这个秘书和一般秘书不同，很有些脾性。据说在省会，他开的 9999 牌子的奥迪，遇红灯从来不停。某一天，一个新来的小警察截了他的车，他摇下车窗，一口浓痰就朝小警察啐过去。当天下午，那位刚上了两天班的小警察就被调离了。对于新局长的到来，市局的领导们都暗暗捏了把汗。上任不久，李局长就要求全省系统上马一个新程序，把往昔十年的纸质文件全部录入电脑。为防差错，市局要求各县局派遣的精英一律到市里集合，统一录入数据。所谓精英呢，无非是那些刚毕业、懂英语，尚未来得及拉家带口的单身男女。

夏朗跟方雯分在一组，每天下午两点开始录数据，一直录到晚上九点。这七个小时，除了晚饭那顿自助餐，除了上厕所、喝水，所有人员均不能离办公大厅半步。夏朗屁股瘦，却最坐得住，不像别的同事，譬如那个二百三十斤的刘振海，每隔半个时辰就溜到外面吸烟。有一天，他甚至带了烤羊腿和啤酒，时不时啃灌两口，呆头呆脑四周环顾。夏朗就笑，觉得领导把这样的同事派来，犹如让金·凯瑞去演爱情电影，而让尼古拉斯·凯奇去演喜剧片一般。

那天录完数据，几百号人乌泱乌泱地从厅里拥出，堆挤在电梯口。夏朗鼻子里全是汗臭味儿，忍不住打个喷嚏，不想一口痰喷上手背，去摸手绢，却没摸到。脸红之际，身旁就伸过来一只水嫩的手，顺势把张湿纸巾搭上他手背。他一侧头，却是方雯。方雯面无表情地朝他点点头，说了句什么。也许她声气本来小，也许是嘈杂声太大，总之夏朗并没听清她嘀咕了什么，便愣愣地瞄她。她随手指了指楼梯，似乎怕夏朗还未意会，干脆将手捂住他耳朵。瞬息他就闻到了香水味儿，犹如干草暖香，胸口不禁荡了荡，依稀听方雯说："陪我一起走楼梯吧，夏朗。"

说这话时她嘴唇似乎触到他耳郭，也许已然触到？他忽就明白了吐气如兰是怎么回事儿。更让他意外的是，下身不知怎么就硬了，不是一般的硬，简直要将衣裤破开。为掩窘态，他双手捂着下体，随了方雯穿过一具又一具热腾腾的身体。日后忆起那日，觉着他和她，仿佛是逃荒的难民中两个心不在焉的人，在膨胀的饥饿感和对食物的无限热望中，内心反倒窸窸窣窣升腾起一种氤氲的、酥软的暖。这窸窸窣窣的暖，让他穿越众人随她行进时，一直仿若踏在云霄之上。后来，这个小男人和这个女人顺着楼梯一阶一阶缓缓地走。楼梯没亮灯，夏朗先把灯打开，每迈一阶，回头看方雯一眼。方雯就朝他笑，笑得不甜，也不冷清。

"夏朗啊，你饿了没？我们去吃点儿东西吧。"方雯在转角处停了，抱着胳膊肘说，"我好想吃烤鸡翅。"她咂摸着嘴，不光咂着嘴，甚至伸出舌头俏皮地舔了舔嘴唇："我最喜欢印度的变态辣烤翅了。"

"哦。"

“你喜欢吃变态辣烤翅吗？”方雯道，“喜欢辣口吗？”

“……都行吧。”

“你喜欢看电影吗？”方雯又说，“今天晚上好像是《少林足球》呢，吃完鸡翅我们就去看电影吧。”

那是夏朗长大后第一次到电影院看电影。电影院里人不多也不少，方雯买了两袋爆米花，随手递给夏朗一袋。关于那天的电影，除了爆米花的甜，夏朗已没任何记忆。他只记得走出电影院时，一股热浪扑面而来，身上忽就粘了些莽撞的飞虫。坐上出租车时，方雯突然让司机停一下，然后径自下车。夏朗看着她站在离车门不远的地方抻了抻连衣裙。她穿了件连衣裙，连衣裙有点儿瘦。

方雯回来时，塞给他一盒香烟，大大咧咧说：“我知道你抽烟，可今儿晚上你一根也没抽。没事的，你抽吧，我不介意。”夏朗手里攥着香烟盯着方雯，方雯就眨着大眼笑。夏朗窸窸窣窣点着一根，方雯问：“烟抽起来是什么滋味？”夏朗就说：“苦呗。”方雯问：“你为什么抽烟？我大学里的男同学，很多是失恋才抽的，他们管这叫‘恋爱后遗症’。”夏朗只呵呵笑。方雯沉默了会儿，突然从他手里把香烟捏过去，狠狠吸了口，又急着吐出，慌忙插进夏朗嘴里。夏朗听到她嘀咕道：“难抽死了，我爸身上就老是这种烟草味儿，隔着两米都能闻到。”

那是夏朗第一次听方雯说起她父亲。当然，他并没有问关于她父亲的任何问题。后来在市里的那段日子，他单调无味的单身汉生活因为和方雯的那场电影有了很大改观。他再也没去跟男同事们玩儿扑克牌或者喝酒，也没有一个人到网吧里上网聊天。他的业余时间全给了方雯，或者说，方雯把自己的业余时间全给了他。他们去专卖店看衣服，去“上岛”喝咖啡，去大钊公园散步，去百老汇电影院继续看那些永远记不住情节的烂俗电影。有天晚上，从影院里出来时，方雯提议去参观理工大学的地震遗址。那座遗址本是座五层楼的图书馆。二十多年前那场惨绝人寰的地震让它由五层变成了三层，也就是说，剩下的那两层直接就沉到了地表之下。为了纪念那场地震，政府特意批准把这栋楼保留下来。

夏朗并不想去，两个人跑到幽灵遍布的废墟中，想想身上就起鸡皮疙瘩。可方雯并不这样认为。她笑着威胁夏朗说，如果他不跟她走一趟，她就“休”了他，夏朗只得悻悻随了她去。月洗高梧，露溥幽草，他们在废墟外面怯怯站了会儿，方雯就从防护栏上近乎勇猛地蹿了过去。夏朗张了张嘴，随后蹑手蹑脚爬将过去。两个人没拿手电筒，也没带打火机，萤火坠墙阴，就在黑魆魆的废楼里慢慢走。走着走着，一条黑影忽地从里面闪出。方雯尖叫一声，顺势扑到夏朗怀里。不过是只寻食的野猫而已。夏朗颤抖着紧抱住她，她温热的胸口死死贴着他的胸脯，大腿根则顶着他私处……两人在废墟里笨拙地躺下去，躺下去时还胡乱抱在一起，驰隙流年，恍如一瞬星霜换，他们，无非是多年前在图书馆幽会的一对情侣。

那是夏朗第一次跟女人有最私密的接触。他还记得他们从地上爬起来时，方雯掸了掸自己的裤子，从背后揽了他的细腰。他听到她用一种淡然的声音说，等这个礼拜回家，他必须跟她去见见她父亲。夏朗当然知道那是什么意思，他转过身，亲了亲她的额头，对她说，他当然要去拜见她的父亲，他不但要拜见她的父亲，还要拜见她的母亲。

二

方家对第一次来访的夏朗礼遇很高，不但买了大闸蟹和东方虾，还特意将方雯的叔叔婶婶、姑姑姑父一并请来。方家住在城乡接合部的一处平房里，三大间，还有厢房，院落里的小白菜翠绿多汁，劈好的松木柈码得比麻将牌还齐整。县城里像这样独门独院的平房已不多。方雯母亲和方雯长得像姐俩，虽老了，可一双湿漉漉的眼左转右旋，似乎要滚将出来。方雯父亲矮矮胖胖，犹如镀金的弥勒佛，老眼眯着，仿佛满世界的欢喜事全降他身上一般。那顿饭吃得有点儿闷，夏朗并不是喜欢说话的人，见了方雯那帮密探似的亲戚也不热心。妇女们全然在厨房忙碌，间或听到她们近乎疯狂的爆笑，似乎这个明媚的初秋，夏朗的到来让这个有些寂寥的庭院突就增添了暖暖的生气。

方雯父亲只打了个照面就不见了。后来去厕所路过厨房，夏朗才发现，原来他是在厨房。这个未来的岳父戴着顶雪白高耸的帽子，系着条拖到地面的蓝围裙，正在做油焖大虾。他神情甚是专注，脸膛被炉火映得饱涨红润。方雯站他身后，时不时拿毛巾替父亲擦拭汗水。他的样子太像电视里参加金牌大厨比赛的厨师，或者说，他比那些人更像个厨师。

那顿饭吃得漫长精细。方雯母亲不停给夏朗夹菜，又不停给夏朗倒酒。夏朗上大学时有个绰号，叫“一盖死”，也就是哪怕喝上一酒瓶盖的白酒，就不知道是如何死掉的了。所以夏朗很计较，没多喝，怕初来乍到就现原形。可方雯的亲戚们似乎并不这么想，他们热忱地劝酒，仿佛他们的满心欢喜只有通过酒水才能释放。夏朗打定了主意，不能再喝下去了。这时方雯父亲说：“夏朗啊，你别光等着你叔和你姑父敬酒，你也主动点儿，敬敬长辈们啊。”夏朗说：“唉……我实在是喝不下了。”本想解释一下，却不知从何谈起。方雯父亲淡淡扫他一眼，不再瞅他，而是和亲戚们谈起了最近城里发生的一起谋杀案。

夏朗的父母对这门亲事倒没什么意见。他们对他所有的事都没意见。这么多年来，他们没骂过他，没打过他，他们都信奉“好孩子是表扬出来的”的道理。不过母亲倒有个提议——母亲有提议是正常的，她退休前在一所小学当了三十年校长，什么事都讲究规章制度。她说：“最好找个媒人才显得名正言顺，不能让旁人说起来，两个年轻人在市里不好好工作，光忙着谈情说爱。”于是夏朗和方雯就忙着踅摸两家都认识的人，踅摸来踅摸去，还真就找到一个人。这人姓司马，老婆跟夏朗母亲是同事，而他则跟方雯父亲是同事。宁拆一座庙，不毁一门亲，司马跑了趟夏朗家，又跑了趟方雯家，这亲事算是定下。

按照桃源县习俗，亲事定下后要“踢门槛”，就是女方到男方家吃顿饭，男方给女方些彩礼钱。县城不像村里，村里的“踢门槛”钱，最少也要一万零一块，要的是“万里挑一”的意思。老校长给了方雯一千零一块，方雯大大方方接了，又接了老校长的一枚金戒指。

老校长和丈夫在厨房忙活，夏朗就和方雯在房间里待着。亲了摸了，再也不能干点儿别的。夏朗就说：“我带你看点儿有意思的东西。”不等方雯询问，就牵着她爬上顶楼，然后指着一架仪器问方雯：“知道那是什么吗？”

方雯盯着仪器，久久才说：“望远镜吗？”

“天文望远镜。”夏朗说，“我这个是‘博冠探索者经典版’，花了三千多块钱呢，全桃源县恐怕也只我这一架。”

“这么贵？”方雯问，“能看多远啊？能看到织女星吗？”

夏朗笑了，说：“你的这个问题，就好像有人看见显微镜就要问，这台显微镜能看见多小的东西？能看见细菌吗？有人看见了一支枪、一门炮，就要问，这支枪、这门炮到底能射多远呢？这样的问题都是不科学的。评价望远镜的标准不是能看多远，而是看其极限星等。我们的肉眼就是一台光学仪器，可以看到220万光年以外的仙女座大星云，但是看不见距离地球4.2光年的太阳系系外恒星比邻星。所以说，问一个光学仪器能看多远是没有意义的。”

方雯讪讪地说：“你方才说的这番话，我一句都没听懂。”

夏朗说：“不懂没关系，我慢慢教你，你会迷上星云的。”

方雯打着哈欠：“算了吧，我对宇宙一点儿兴趣都没有。”

夏朗嘻嘻笑着：“我知道你对啥感兴趣。”把她身子扳过，揽在自己怀里。在这个时候，哪怕他能观测到一艘UFO，怕也不会去看了。

吃完晚饭方雯就走了，不过，走了没多久就打电话过来。她犹豫着说，回家后，她遭到父亲一通埋怨，不该收那一千零一块钱。夏朗顿了顿说：“是不是……伯父嫌钱有点儿少？我妈也问过别人，县城里边，大体是这么个数。”方雯说：“你想哪儿去了？我爸是那种见钱眼开的人吗？你也太小瞧我爸了。他不是嫌钱少，而是怪我根本不该接这笔钱。”

夏朗就闷闷地问："那他是什么意思呢？"

方雯说："我爸的意思是，他不是往外卖女儿，既然不是买卖，干吗要收你们家的钱？两人你情我愿，沾了铜臭就显得俗气。戒指我爸说就先留下了，等结婚那天戴。"

夏朗就说："这……这合适吗？"

方雯有些不耐烦地说："你等着我，我这就给你退钱。"

夏朗说："都这么晚了，退什么退啊，你先留着吧。"

方雯那边已挂了电话。

老校长在旁听了个大概，也没说别的。夏朗就说："没想到她爸倒离钱物这么远。"

老校长拍拍他肩膀说："傻儿子啊，怕不是这么回事吧？即便真想把钱退回来，也不至于深更半夜来退，你老大不小了……别把什么事都想得这么简单，要动动头脑。"

夏朗皱着眉头说："这事难道还有多复杂？和尚头上的虱子嘛。"

老校长缓缓叹了口气，转身走了。过了半个时辰，门铃不停噪响，夏朗从猫眼里盯着楼道里的方雯，不知要不要给她开门。

然而婚期还是定下。老校长在县城边上也有六间平房，打算搬过去，把高层楼让给夏朗他们当婚房。夏朗没说什么，住平房有住平房的好处。退休的人除了傻吃茶睡还剩什么乐趣？父母都是一辈子没什么爱好的人，不像有些老干部，退休了去打门球，或者参加社区的秧歌队。老校长教了一辈子书，闲暇之余最喜欢的是做家务，每天拿一块抹布在房间里踱来踱去，连马桶都被她擦得油光可鉴。父亲呢，在农业局干了一辈子统计师，退休后就在家看电视，从凌晨五点看到夜里十二点。瘦小枯干的他最喜欢拳击比赛，北美四大拳击赛事，WBC、WBA、IBF、WBO，无一不让他痴迷，可拳击比赛不是天天有。通常夏朗起夜时，还会看到父亲躺在沙发上，强睁着一双眼看电视购物。要是他们搬到平房就不一样了，父亲到农业局上班前是村里的牲畜饲养员，他可以养点儿鸡鸭，当然，如果他愿意，也可以养骡子养马养奶牛。母亲就更不用闲着了，偌大的院子，一块抹布肯定是不够用的，一双老腿肯定是不够遛的。老两口儿也做好了搬迁准备，拾掇了三两天，俟着哪天租了三轮车，把所有物件搬过去，再把楼房简单装饰，单待夏朗结婚生子。

那天夏朗正在上班，就接到了老校长电话。她语气有些犹豫，似乎即将要告诉夏朗的事让她颇为费解。她说，方雯的父亲方有礼今天到家里拜访了。方有礼说，他们家在县城还有一处新楼房，离夏朗家很近，他们平素在平房住习惯了，老胳膊老腿的，也不打算住楼房，干脆让夏朗和方雯在里面结婚算了。他们只有方雯这么个女儿，把夏朗当亲儿子看的。“你怎么想呢？”老校长最后问道，“方雯没有跟你透过这件事？”

夏朗说：“从来没有跟我说过啊。”

老校长问：“那你是什么想法？嗯？你是什么想法？”

夏朗沉吟着说：“我没有想法……”

老校长说：“如果你们结到他们家的房子里，是不是就有些倒插门的意思？”

夏朗说：“他们家就方雯一个闺女，什么倒插门不倒插门？将来老了，不还得我们侍奉？”

老校长似乎有些不满夏朗的回答，可即便不满，她也不会说什么：“哦，那你就等着当养老女婿，给他们送终吧。”

夏朗这才觉察出老校长话里有话。夏朗虽有哥哥，却在北京工作，一年中除了国庆和春节回趟家，平素忙得连电话也不晓得打一个。父母将来肯定是指望不上他的，哪天老得走不动路了，吃不下饭了，喝不下水了，拉不下屎了，无非还得靠夏朗这个老儿子。这也是当初夏朗大学毕业时，父母非让他考县城公务员的缘故。夏朗就商量着说：“那我们……还是在咱家房子里结婚吧。毕竟是家里的房子，住着踏实，硬气，是吧？你不就是这个意思吗？”

老校长沉默半晌，方才嗫嚅道：“哎……方有礼……刚才……将楼房钥匙留下了。他说，说……房子他们出，装修咱们管。”

三

到底是在方雯家的房子里结的婚。新房离老校长家不过三百米，仿佛方有礼当初买了这房，就知道女儿将来要嫁夏朗似的。装修那段日子，方家人一次都没有来过。

两口子每晚从镇上回来，都要跑到老校长那里蹭饭。老校长当是尽心伺候，每天换着花样吃。吃完两口子就回自己窝里，卿卿我我不在话下。一天事毕，夏朗心血来潮，衣服也没穿就拉着方雯跑上阳台看星云。夏朗让她看最亮的那颗星。方雯瞥了眼，夏朗憨憨地问："你真的不喜欢那些星星？你看到的那些光，都是上万年之前就发散出来的。"

方雯说："真的啊？"

夏朗说："有时候我老忍不住想，别的星球上是不是也住着像我们一样的人？像我们一样出生，像我们一样谈恋爱，像我们一样老死。或者他们的文明比我们发达，他们的那个星球上，根本就没有死亡这个说法。一切都是永恒的，一切都是完美无瑕的。"

方雯盯着夏朗说："你真是个怪人。"

夏朗搂着她说："如果有那样的星球，我们就搬过去住。"

方雯打着哈欠说："这个礼拜天，陪我去美容院做护理啊。”

夏朗哦了声，眼却还是钉在望远镜上。

方雯的护理没做成。小雪至，县里已供暖，夏朗家的暖气管道不知哪儿出了问题，摸上去冰凉。两口子忙着找热力公司的人来修。等修好了已过晌午，两口子坐在沙发上，不晓得是去老校长家蹭饭，还是自己蒸点儿米饭。这时方雯朗着嗓子说：“夏朗啊，等暖气热了，我想把我父母接过来一起住。”

夏朗想也没想说：“好啊。”

方雯似乎有些吃惊：“你同意？”

夏朗说：“这有什么？你爸妈住平房，又要买煤又要生炉子，多费事。”

方雯笑着说：“你心眼儿真好。说实话，我想了好几天，也没好意思跟你说。”

夏朗捏着她鼻子说：“我心眼儿不好，你会嫁给我？”

方有礼两口子很快就搬过来。他们没有劳烦夏朗两口子，而是把亲戚们全动员起来了，有车的出车，没车的出力，没力的出主意，只一个上午，就将家当全部搬运过来，仿佛吉卜赛人大迁移一般。等夏朗下班回来，开门的正是方有礼。方有礼咧着大嘴嘿嘿笑着，把拖鞋递给夏朗，又朝他老婆使个眼色，丈母娘就笑吟吟递过一杯普洱茶。夏朗倒没受过如此礼遇，忙说：“爸妈你们客气啥？”方有礼就把夏朗拉到自己身边，拍着胸脯说：“朗朗啊，我们这不是客气，是心里委实高兴呢！四周的街坊邻居，哪个不羡慕我们找了个千里挑一的好女婿？你瞅瞅李福林家，空有四个儿子，可哪个儿子主动接他们两口子去楼房里猫冬？你再瞅瞅王秀峰家，为了养老问题，把俩孩子都告上法庭了！法庭啊！”方有礼笑眯眯的眼睛突然就睁得铜铃那么圆，痴痴地看着夏朗。见夏朗张着嘴巴不知所谓，这才又嘿嘿笑起来，说：“人家都说闺女是爹妈贴身的小棉袄，可我看哪，姑爷比闺女还亲！闺女要是贴身的小棉袄，姑爷简直就是一块心头肉！”

夏朗慌忙着点头，又慌忙着朝给他脱外套的丈母娘笑。

这样过了一个来月，倒也没觉察出什么不便。晚上回了家，方有礼夫妇早把饭菜做好，热腾腾的，吃着也顺口；洗脚水早早烧好，端到沙发前；屋子以前一个礼拜收拾一次，这下方雯倒成了甩手掌柜，连墩布都不摸一下；夏朗找脱下的内裤洗时，却发现正被丈母娘用力搓揉……总之，家里像突然多了两个知寒知暖的保姆。这倒和夏朗在自家里时不太一样。老校长虽宠夏朗，可夏朗的袜子、内衣都是夏朗自己洗。按照老校长的说法就是，贪婪源于每日所见，懒惰源于父母娇惯，一个男人不能娇气，要懂得自己的双手能干什么活儿，要懂得自己的双腿往哪里走。

夏朗是见不得别人好处的人。人对他好三分，他定会给人还十分，更何况这两人是他的岳母岳丈。那天夏朗从集市顺手买了两条香烟，回家时带给方有礼。方有礼笑眯眯地接了，瞅了瞅牌子，没说什么径自扔到沙发上。

几天后夏朗去老杨家的小卖店买酱油，碰上老杨媳妇。老杨媳妇嘴大，话碎，见了夏朗先寒暄几句，然后意意思思地盯着夏朗，欲言又止。夏朗就说："嫂子，你有话就说嘛，又没人用麻绳捆你的舌头。"老杨媳妇这才伸过脖颈贴了夏朗说："夏朗啊，你是不是前几天给你丈人买了两条香烟？"夏朗说是啊，你咋知道呢？老杨媳妇说："哎，你这孩子，虽有孝心，却没用到正经地方。"夏朗狐疑地盯着老杨媳妇看，看得老杨媳妇不得不说实话："前几天，有个老头儿过来，非要卖给我两条香烟，说是姑爷买的。我说：'这姑爷倒懂事呢。'没承想他说：'懂个屁事，寒心着呢。我们老两口儿贴心贴肺地伺候人家，做牛做马，人家也只是买了两条乡下人抽的劣质香烟给我。这种烟我是不抽的，便宜卖给你吧。'又唠叨姑爷在财政局，挣钱比谁都多，没想到却这般小气，将来怕是靠不住的。"

夏朗听了老杨媳妇的话，竟不晓得如何回她。这两条烟委实不贵，可也不便宜，平日里自己也都抽这个牌子，没想到方有礼会嫌烟不好。嫌不好也罢，偏要说与老杨媳妇这种长舌妇听。心里难免乱糟糟，径自拿了酱油回家。又想起订婚前的那一千零一块钱彩礼，有点儿豁然开朗，分明是方有礼嫌彩礼钱少，故意找个由头，让方雯深夜送回，给他们家一点儿颜色瞅瞅……如是想着上了楼，看到笑眯眯来开门的方有礼，夏朗的心脏竟怦怦做力狂跳起来。

整顿饭也没说上三两句话。吃完后夏朗就溜达到阳台上。他喜欢一个人俯在望远镜上，静观那些旁人看来司空见惯的星云。仰望黑暗苍穹中发着冷光的星束，他会静下来。近一年，他迷上了双子座的水母星云，除了在市里的那两个月，每天晚上他都要在望远镜里观测个把小时。那是一片妖异的星云，一颗一颗的星星被层层雾状物质包裹、拍打、挤压，而那些星星，不是以往灰亮的颜色，相反，它们在涌动中发射出斑斓的光芒。是的，那种光芒只能用斑斓这两字来形容：瑰紫的、玫红的、杏黄的、瓦蓝的……最奇妙的是，那些颜色不是泾渭分明，而是貌似混沌地纠缠一起，仿佛是一大块一大块被随意泼洒在一起的颜料，只不过，这颜料是流动的、光芒四射的……尤其是“水母”的一条触须上，有一颗星格外耀眼，他观测它至少有七八个月了。那是一颗蓝色的星，犹如玻璃球般透明，当夏朗特意观测它时，那颗星似乎知道夏朗在看它，闪得格外频繁……有时他会荒唐地想：没准儿那个星球上的某个人，也正拿着一架望远镜观测自己。

“还看啊？”

夏朗一激灵，却是方有礼。方有礼站在他身后，狐疑地看着他。

“是啊，怎么了？”夏朗的声调竟有些高亢。

“年轻人可不能玩物丧志啊！”方有礼说，“我们搬过来这段时间，你每天晚上都守着这个破望远镜，有意思吗？”

夏朗没有应他，而是呆呆凝望着他。他倏地恍惚起来，站在自己眼前的这个叫方有礼的人到底是谁？自己跟这个肥胖、白皙、矮矬的老男人如此陌生，犹如隔着莫测的光年。以往的二十多年，县城这么小，他从来没遇到过这么个人，宴席上，音像店里，大街上，花园里，广场上，公共厕所里，学校里，医院里，会议上，丧礼上……哪怕任一场合。而现在，他和这个曾经的陌生人住同一套房子，用同一口铁锅，坐同一张餐桌，蹲同一个马桶，原因只是，曾经躺在这个男人怀里咿咿呀呀哭泣的女孩儿，现在每天晚上都躺在他的臂弯里。

“我这都是为了你好，”方有礼沉吟道，“你知道吗，夏朗，方雯太爷就是因为玩儿蛐蛐败了家业。”

夏朗点了点头，转身回屋。他走得很慢。他并非故意走得很慢，而是走着走着，他突然忘了方有礼长什么模样。他惊讶地发现，如果不跟这男人面对面，他竟拼凑不出他的五官。夏朗忍不住转过身去看方有礼，没料到方有礼正目光灼灼地盯着他。夏朗禁不住哆嗦了下。

四

天文望远镜是夏朗在厕所的壁橱里发现的。

夏朗没料到望远镜会被方有礼搁置起来。

他本来想和方有礼谈谈，这是他的私人爱好，就像电影演员喜欢镜头一般，况且这个爱好并没妨碍别人。可话到嘴边又咽下去，他觉得自己最好装作没心没肺的样子。若是他跟方有礼谈了，方有礼肯定会以为自己是个小肚鸡肠的人，他不想被方有礼看成个小肚鸡肠的男人，他本来就不是个小肚鸡肠的男人。

他把天文望远镜重新摆到阳台上，就匆匆忙忙上班了。下班回来，特意去看了下，望远镜仍在那里，这才放心。做这些事时，他有点儿莫名其妙地心虚，怕方有礼看到。可方有礼似乎并没留意他在干点儿什么。他眼皮子也不抬地看《老人世界》。他眼睛并没有花，也没有戴花镜，可仍伸着胳膊，把杂志支得远远的。夏朗就泡了壶碧螺春，给他恭恭敬敬端过去一杯。方有礼点着头接了，小口抿了一下，这才说："夏朗啊，年轻人要养成好习惯，什么东西都要放在固定位置，不要到处乱摆乱放。"

夏朗以为他在说望远镜的事，刚想辩解几句，方有礼倒先说上了："以后上厕所，烟灰缸不要放洗手盆里。"

夏朗嗯了声，方有礼说："你不会拿个凳子，把烟灰缸放凳子上吗？”

夏朗嗯了声，方有礼说：“烟灰缸从厕所里拿出来，要摆在茶几的左手边。”

夏朗嗯了声，方有礼说：“我跟你都是左手抽烟，摆在右手边不得劲。”

夏朗嗯了声，方有礼接着说：“还有……嗯……那个什么……哦，对了，你上厕所时看的书，一定要记得拿出来。”

夏朗嗯了声，方有礼说：“你这个孩子，我算是发现了，啥事不说清楚，你还真拎不清。”

屋内的暖气不是很热，夏朗额头却出了细细一层汗。再去偷眼看方有礼，方有礼仍在看杂志，那页杂志他大抵看了半个多小时。

夏朗就说：“您待着，我出去走走。”

方有礼就说：“雯雯啊，夏朗要出去走走，你不一块儿去吗？”

夏朗连忙说：“不用了，不用了，她忙她的好了。”

出了门夏朗想：这一切都是怎么发生的呢？他刚才说那些话，是不是怪自己又把望远镜搬上了阳台？可是，他为什么怕方有礼？他怕方有礼什么？可如若不怕，为何每次面对笑眯眯的方有礼，自己似乎都冒虚汗？说实话，这些日子以来，方有礼的态度也发生了些改变。有些时日他没给自己拿过拖鞋了，别说是拿拖鞋，连平日说话的腔调都不一样了，以前是讨好的，近乎谄媚的，现在却是威严的，说一不二的……夏朗乱糟糟地在外面转了几圈儿，小风飕飕，不久又旋起细雪，他只得缩着脖颈悻悻回家。

回到家里，三口人正有说有笑地看电视，见夏朗开门进来，头也没点一下，仿佛夏朗在或不在俱形同虚设。方雯不停讲着他们单位新近的一起桃色事件，一个良家妇女被一个派出所的男人给睡了，却不承想被睡上了脏病……听到精彩处，她母亲便咯咯爆笑，方有礼更别提，顺着话嗑添油加醋引出去，将几十年前小城的风流逸事抖出，再总结出些风马牛不相及的俚语。方雯呢，则忽闪着大眼睛频频点头，仿若她父亲说的每一个字，她都应该虔诚地背诵下来。

夏朗一个人缩在墙角，看着这一家人被明亮的灯光映照，每人的脸上都焕发出如出一辙的气息。是的，如出一辙的气息：他们笑起来时，眉毛通通先神经质地一皱一展，然后眼角的笑意方略显刻板地流泻而出——似乎不经意间就饱含了一种优雅的蔑视；他们吃饭时，眼睛总是瞅着别人的饭碗，仿佛在享受食物时仍忧心忡忡，担心人家的饭随时吃完，他们若不及时给人添饭就显得他们没有教养；他们连剔牙的姿势也一模一样——左手遮挡住嘴巴，兰花指一律翘起，右手的大拇指和食指捏着牙签，小拇指则压在左手小拇指下方，也就是说，两根小拇指构成了一个标准的直角，硬硬地捅向旁人，当牙签在口腔里运动时，右手的小拇指就有规律地左右摆动，直角就变成了钝角，而他们的脸上，浮现的不是那种碎肉从牙龈里挑出来的快感，相反，是一种肃穆得近乎哀伤的神情……

夏朗想和方雯谈谈。可谈什么？其实也没什么大不了的事。夏朗悻悻回了房，将被褥铺好。等方雯看完电视回屋，夏朗仍有一搭没一搭地翻看报纸。方雯衣服脱到一半，方才发觉夏朗在看着自己。随手打了一下夏朗，说："有什么好看的？"夏朗就压着嗓子说："我们有多少天没亲热了？"

那晚方雯情绪很好，方雯情绪很好的意思就是，她似乎也很想做点儿那样的事。他们有多长时间没好好做了？从方有礼两口子搬过来以后。也是，方有礼买的这套房，也有七八年，砖混结构，隔音效果奇差。每当夏朗想到隔壁住着两位既善良耳朵又无比机灵的老人，动作难免小下来。他感觉自己就是一只潮湿怯懦的蜗牛，在方雯身上磨磨蹭蹭爬行，边爬走边竖起触角听着隔壁动静。可那一天不同，夏朗用力摇动着方雯，仿佛他们不是做爱，而是在上演一场生死肉搏战。他下作地想，他这样做，就是为了让隔壁的方有礼听见。当他意识到自己这个念头，脸竟灼得厉害。冲刺行将结束时，夏朗突然听到咚咚敲门声。

方雯小心地扶住了夏朗的腰身嘘了声。夏朗听到方有礼说："夏朗啊，你们屋子有管拉肚子的药吗？"

夏朗没说话。方雯问："怎么了爸？"

方有礼说："可能怪晚上吃的海螺，你妈跑了四五趟厕所了。"

方雯穿上内衣去开门。夏朗将被子盖上，茫然地仰视着房顶。听到父女俩嘀嘀咕咕，翻箱倒柜。夏朗冷冷地想：药品柜不是在方有礼他们卧室吗？怎么跑到我们的屋子找药？再过些时候，方雯才哆哆嗦嗦小跑着进屋。夏朗说："药找到了没？"

方雯说："找到了。唉，人上了岁数就是记性不好，药明明在他们屋。"

夏朗还想问点儿别的，但话到嘴边又都咽下。方雯似乎也累了，没多说什么，不久传来细碎的鼾声。夏朗把灯关掉，盯着屋顶，看它在混沌的暗黑中渐渐清晰，他甚至看到上面粘着只死掉的蚊子。

夏朗下班后就不怎么爱回家了，而是跑到老校长那儿。老校长见到儿子很意外，说："你都两个礼拜没过来了，真是'花喜鹊尾巴长，娶了媳妇忘了娘'。"老校长很少拿这种口吻说话，夏朗就有些不好意思，说："妈，我是那样的人吗？"老校长说："我看就是。你看看你，上班也有几年光景，按理说，朋友也该交了几个，哪能这样天天当闷嘴葫芦呢？老爷们儿，咋能没仨好的俩近的？"

老校长的话倒很有道理。大学毕业后，夏朗跟天南海北的同学们还真就没有往来，别说大学同学，连发小间的交往也寡淡。每天就是上班下班，下班了也不像别的同事那样出去喝酒应酬，只在家里上上网，要么摆弄摆弄天文望远镜。他成了一个典型的宅男。

夏朗就盯着老校长说："我从小不就这样吗？"

下个礼拜，夏朗还真就参加了一次网友聚会。那是帮天文爱好者。说是天文爱好者，其实不然。这些人是一个叫"被劫持者论坛"里的资深网友。所谓被劫持者，有个特殊含义，他们不是被人类绑架过，而是被外星人绑架过。也就是说，这些网友认为，在某个地方，某个时刻，他们曾有过被外星人掠走的经历。他们是怎么被外星人绑架的呢？他们为什么被外星人绑架呢？他们在被外星人绑架后发生了什么故事呢？被外星人释放后他们有过怎样的心理波动呢？这些话题就是他们在论坛上经常讨论的话题，并因有着这样特殊的、隐秘的、甚至是听起来有些悚然的经历，他们这个圈子的人联系格外紧密。

夏朗是偶然涉足这个圈子的。他的爱好是天文望远镜。他之所以在论坛里混了段时日，是因为他从来不信他们的经历。正是因为这种怀疑，内心那种想揭穿他们谎言的欲望越发强烈，到最后慢慢演变成一种近乎绝望的冲动：他也把自己伪装成一个被劫持者。本来他不是个会说谎的男人，可在那种奇妙又神秘的氛围下，他竟然成了一个标准的被劫持者：丛林、夜晚、从天而降的光柱、面目模糊的外星人、失忆、噩梦，这些标签被他轻而易举地贴到自己身上，况且，他对天文知识的了解让那些被劫持者有理由相信，他真的是一个和他们一样的人。

那次聚会，也只限于县内的一帮人，说白了，就是五六个人。聚会的地点选在桃源县县城的一个酒吧。和夏朗想象中的并不一样，那些人长相极为普通，如果不说他们聚会的缘由，没人会想到他们竟被 UFO 掳走过。主持人是一个四十多岁的斯文男人，他开宗明义地讲了这次聚会的原因和意义，并把这次聚会的主题定为“纪念物”。也就是说，被外星人送回来后，身体上有没有异常的地方……那天晚上，主持人先把自己的胳膊费力地从袖管里撸出，向他们展示了一个绛色疤痕，他说，被遣返后，他的胳膊上就莫名其妙地出现了这个疤痕。这个疤痕的样子很平常，可是夜深人静时，他常常听到疤痕里面传出微弱的电流声，是的，电流声，就像是因为电压不足导致灯管发出的那种吱吱声。他知道，那肯定是外星人安装在他身上的“窃听器”。那些外星人就是利用这种卑劣手段，监测他的脑电波，从而研究人类思维。另外一个被劫持者则强调他身上并没有被安装窃听器，可是，自从被遣返后，他经常失忆。他经常会想起一些人，又经常会忘记一些人，这让他在人际交往中常常陷入一种被动局面，比如，有一次他和他们局长走了个对面，可是当时他真的想不起这个大腹便便的人是谁……

夏朗听着他们的谈话一言不发。当然，一言不发的还有另外一个女人。这女人在灯光下显得白皙脆弱，她不时瞥两眼夏朗。当夏朗去瞅她，她的眼光并没回避，而是温和地迎上来，朝夏朗点了点头。那天，被劫持者相互留了电话。当那个女人把名片递给夏朗时，夏朗发现她有个很普通的名字：陈桂芬。

回到家里，夏朗还沉浸在那些人的故事里。比如那个叫陈桂芬的女人，她单独跟夏朗谈了自己的经历。她是在家里被外星人劫持的。她一直不明白，那道刺眼的光芒是如何穿透屋顶笼罩住她的，当时她十岁的弟弟就睡在她身边……她只记得当她醒来时，她仍在家里，只不过已昏迷了三天。她的家人都围在她身边，被她的突然苏醒弄得不知所措。她没发烧，也没任何疾病征兆，可她昏迷了三天。让家人更惊讶的是，苏醒后的她已不会说本地方言，而是一口标准流利的北京话，是的，不是普通话，而是北京话。

一群神经受过刺激的人，夏朗想，他们肯定是受过伤害的人。想到“伤害”这个词汇时，他不禁打了个寒噤。他想到了方有礼。他想：无论如何也不能在方有礼的房子里住下去了。

他要买一处自己的房子，他要把他的天文望远镜堂堂正正摆放在阳台上。

五

夏朗把买房子的想法告诉方雯时，方雯并没有马上赞同，也没有马上反对，而是想了想说：“我得问问我爸爸，看看他怎么说。”

夏朗说：“不用问了，这次买房我做主。”

方雯说：“你什么意思啊？”

夏朗说：“没什么意思。房子我们家出钱，不用你爸他们出。”

方雯撇着嘴说：“你犯什么神经！”

夏朗斩钉截铁地说：“新建的嘉华雅苑位置不错，在县城中心，离学校和医院又近，我们要买 23 层顶楼，这样观测星云就更方便。”

方雯说：“不管你在哪儿买房子，不管你买哪一层，我必须跟我爸商量一下。”

夏朗说：“有什么好商量的？这是我们自己的事，不要什么事都麻烦老人家，他们操的心还不够吗？”

方雯说：“你什么意思？你是不是嫌我爸我妈住这儿了？”

夏朗说：“这儿本来就是他们的房子，我有什么好嫌弃的？”

方雯没理他，直接走到客厅。夏朗很想知道方有礼怎么说，就跟在方雯后面。方有礼正坐着小马扎答题。方有礼有个癖好，就是答《唐山晚报》上的有奖知识竞答题。他胃口很杂，无论是“共青团有奖知识竞答”“人口普查有奖知识竞答”，还是“血液与健康有奖知识竞答”，他都踊跃参加。原因只有一个，这些竞答都有奖品。多年前他偶然参加的一次竞答让他得到了一桶“金龙鱼”花生油，之后他的这个爱好就保留下来了。那天，他正在做“党建网开通一周年有奖知识竞答”，见方雯和夏朗一并走来，连忙问：“快点儿，快点儿，这道题选哪个？‘让一部分人先富起来，带动共同富裕的方针，体现了什么原则？’”

夏朗和方雯你看看我，我看看你，都没吭声。

事后夏朗想想，那晚方有礼的反应还算正常。当他听完夏朗的想法，他把手里的报纸放在脚底下。他坐在马扎上，要比夏朗矮半截，看夏朗时不得不探着身子，向前昂着头颅。而夏朗俯视着他。他很长时间没正眼看过这个男人了。这个老男人的脸色似乎比以前更加朗润，颧骨处的肌肉像用胭脂抹了两抹，而宽阔的脑门儿则仿佛涂了厚厚的橄榄油。他那双眼睛没任何表情，这和夏朗想象中的有些不同。他原以为方有礼听到这个消息后会愤怒，或者不屑，但是没有。他就那样前倾着一身肥肉，安静地盯着夏朗，这反倒让夏朗有些不自在。夏朗只好紧绷着一张脸，他想他没有任何理由向这个男人屈服，他委实想让这个男人知道，他不在乎这个男人的感受，他并不喜欢和他们住在一起。他不想把这种想法大声说出来，可现在，他即便不说出来，这尊弥勒佛也应该能感觉到，他面对的并非他的信徒。

“你们看着办吧。不过，我丑话说前头，我手里并没闲钱，别指望我帮多大忙，”方有礼咳嗽了一通，轻描淡写道，“看来，呵呵，你们只有贷款了。”

夏朗记得方有礼说完后就去了厕所。方雯和他回了房。方雯开始什么都没说，后来实在憋不住了才问：“你手里有多少钱？”夏朗就说：“这个你别管，首付我出，还贷咱俩一起还。”方雯说：“贷款的话，可不能影响我的生活质量，知道吗？蒙尼坦我得照去，兰蔻我得照买，阿依莲我得照穿。”

夏朗就说：“你放心好了，你该怎么活就怎么活，我可没让你吃糠咽菜。”

老校长听到夏朗要买房子的消息，吃了一惊。她的意思是，如果他们想单独生活，她和老头子可以搬到平房里去住，完全没有再买楼房的必要。夏朗说：“算了，你们即便住平房，这房子我也得买。”老校长似乎从没见到过儿子这副执拗样，忍不住笑了，说：“这样吧，我跟你爸出首付，你们自己还贷，好不好？你哥呢，当初从北京买房子，我们也只是给他出了这些钱。手心手背都是肉，我们可不能对你太偏心了。”

夏朗就把老校长出首付的话跟方雯说了，方雯听了很高兴，赶紧去向方有礼汇报。夏朗就坐在卧室里吸烟。他知道方有礼是如何想的。方有礼肯定以为他拿不出钱，肯定以为他只是虚张声势，肯定在暗地里看他笑话。想到方有礼张皇失措的样子，夏朗心里竟有些微微了了的得意。过不多时，就有人悄没声地推门进来。夏朗以为是方雯，头也没抬地继续看书。“唉，看来你是吃了秤砣铁了心。”夏朗猛一抬头，却是方有礼站他身旁。他以为方有礼会说三道四，可是并没有。夏朗轻轻笑了一下，方有礼就沉吟着说：“夏朗啊，我跟你说过多少遍了？别在床头吸烟，很容易着火的。要抽的话，在床头柜上摆个烟灰缸。你老大不小了，怎么这么没记性呢？”夏朗连忙点头称是，径直从床上跳下来去客厅拿烟灰缸。左腿刚迈到门槛，就觉得哪里有些不对头。可右腿还是径自跨了出去，而且这一步跨得尤其大。

翌日上班的时候，不承想就接到一个女人的电话。女人的嗓门儿有点儿粗，有点儿沙哑。夏朗想起来，这个女人就是那个曾经被外星人劫持过的陈桂芬。就问：“有什么事儿吗？”陈桂芬就说：“没什么事儿，难道非得有什么事儿，才能给你打电话？”说完陈桂芬先在电话那头笑起来。夏朗问：“是不是又要操持聚会了？”陈桂芬说：“没有，有的话我也不想去，感觉一点儿意思都没有。”夏朗问：“不是挺好玩儿的吗？怎么会没意思呢？”陈桂芬说：“唉，我觉得他们说得都不靠谱，你没感觉出来，他们所描述的，都跟美国科幻片里的情节如出一辙吗？我觉得他们根本就是看《4400》看得走火入魔了。”陈桂芬这么一说，似乎就把自己跟那帮被劫持者给区分出来，而且话里话外还有点儿瞧不起那些人的意思。夏朗嘿嘿笑了声说：“聚会嘛，无非就是图个开心，干吗还想要更多的东西呢？”陈桂芬在那头沉默了会儿说：“你说得没错，我们这样的人，能平心静气地活着就不错了。”夏朗不知道怎么继续接话，在电话这头沉默了片刻，陈桂芬也没说什么。夏朗能听到她在电话那头喘气的声息，这样子让他觉得有些尴尬，就说：“没什么事我先挂了，我这里忙得很。”陈桂芬说：“好吧，我们改天再聊……其实，我是有很多话想跟你说。”夏朗的好奇心就起来了，问说：“要是有什么紧要事，但说无妨。”陈桂芬就说：“唉，一言难尽，等哪天我请你吃饭，我们慢慢聊。”

晚上回家时，夏朗还在想着：这个叫陈桂芬的女人，到底有什么难言之隐呢？那些外星球的人真的拜访过地球吗？他们真的对地球上的人很感兴趣吗？他忍不住跑到阳台上摆弄起他的天文望远镜。冬日的夜空虽然繁星密布，却依然黑得让人绝望。从望远镜里看到的天空，也并不比夏天看到的更广袤。看得久了，一条条幽暗、神秘的星河，似乎就在眼前荡漾起来。夏朗难免有些心慌，转身踱进卧室。方雯做了面膜，躺在床上想着什么，很少看到她这样安静地想心事。结婚也有半年多，夏朗并未觉得她离自己更近，相反，他对她似乎越发陌生。这陌生和身体上的熟稔相较，就觉得那距离越发得深仄。他倒时常想起夏天的那个夜晚，他们去地震遗址的情形，他们如此亲密、依赖，仿佛世界上最美妙的时光就是她转身搂住他腰身的刹那。夏朗的鼻子难免有些发酸，盯着方雯细细打量。方雯似乎也察觉到他在看自己，一把将面膜撕下，拍拍床铺说："夏朗啊，你过来坐。我跟你说件正经事。"夏朗乖乖伏到她身旁。方雯的手伸进他衬衣，摩挲着他的小腹。夏朗一把将她揽进怀里，问道："有什么事就直说，两口子哪里有藏着掖着的。"方雯将撕下来的面膜揉巴揉巴扔到地上，说："夏朗啊，我爸说了，他们也想买楼房，而且，他想把咱们对门的房子买下来。"夏朗没听太明白，问道："什么？"方雯就说："夏朗啊，我爸的意思就是，如果咱们买新房子了，他想跟咱们住对门。"

夏朗的嘴巴张得不是太大，但足够吞下一只拳头了。

六

夏朗有几天没跟方雯说话了，不但没有跟方雯说话，而且没有跟方有礼夫妇说话。他为什么想买房子呢，无非是想躲方有礼远远的，可方有礼似乎并不这么想。夏朗算是看透了，如果他们是磁铁，方有礼就非得当铁渣；如果他们是腐烂的苹果，方有礼就非得当苍蝇。他就是要当他们的影子，时时刻刻尾随他们，除非他们死了，变成了空气，方有礼才会在黑夜来临前自行消失。这么想时，一种空洞的、难言的哀伤从心脏一直涌到喉咙，迂回缠绕，让他吃不下饭，喝不下水。

当然，方有礼很正式地跟夏朗面谈了一次。他说他手里还有些积蓄，他会替他们出首付，老校长那头呢，就不用劳烦了。那天晚上他之所以说没钱，是因为他的钱全在线厂里放高利贷，恰巧这些天，线厂由于经济危机，破产的就有四五家。他托人弄脸才将钱跟利息要出来，加在一起呢，也有三十多万。这三十万存银行呢，也是白存，眼看就要通货膨胀，还不如直接买房子划算。这些钱付两套房子的首付是绰绰有余了。两家住对门多好，将来要是有了孩子，他们哄起来就更方便。还有什么比这更划算的事儿呢？没有！说到这儿时，方有礼的脖子红了，腮下耷拉的一块肉轻轻晃动，仿佛刚刚谋划的美好前景已让他激情难抑。

夏朗没跟方有礼说任何话。他能跟他说什么？他连看都不想看他一眼。总而言之，他绝不会把房子买在他们对门。方雯似乎没想到这一次夏朗如此强硬，她木木地看着夏朗，又扭头望了望她父亲，说：“夏朗啊，你到底是怎么了，犯哪门子神经？”

夏朗说：“我没犯神经。我只是想单过。”

方雯说：“我爸也没说跟咱们住一处房子啊。”

夏朗歪着头，不知如何作答，后来干脆说：“我也不想跟他住对门。”

方雯就怒了：“夏朗！你有什么了不起的！除了摆弄你的破望远镜，还有什么狗屁本事！”

夏朗愣了愣说：“那你就去找有本事的吧。”

方雯说：“我怎么当初就看上你了？三棍子打不出一个闷屁！一个朋友没有，一点儿情趣没有，你哪一点值得我喜欢？你第一次去我们家吃饭，都不知道敬亲戚们一杯酒！你妈是怎么教育你的！”

夏朗退后两步，看着方雯。又看看方有礼，方有礼垂着头。去看丈母娘，丈母娘将眼神硬硬移开。夏朗转身去收拾衣物，收拾完径自去开门。手握到门把手时，他想或许会有谁象征性地阻拦一下，那样的话事情不至闹得太僵，但没谁上前来拦他。他只好将门打开，然后嘭一声再将门关上。

老校长对儿子的到来并没说太多话。倒是老统计师煮些虾，跟夏朗喝了两盅，旁敲侧击地劝解他：“不要跟女人一般见识。女的和男的啊，其实用四个字就全概括了。哪四个字呢，就是‘北’‘比’‘臼’‘舅’，所谓‘北’，就是男的跟女的背靠背，谁都不认识谁，缘分没到哇；所谓‘比’，就是男人对着女人的背，追人家呢；‘臼’呢，就是男的跟女的面对面，相互倾诉呢；‘舅’就不用说了，男的跟女的结婚了，生下个男孩儿。天下的男女，无非就是这个过程。你跟方雯也不例外。有啥大不了的事，多想想你们在市里的日子，多想想方雯的好，让着她点儿。”

夏朗真没想到喜欢拳击比赛的老统计师会说出这番话，也有些感慨。父子俩这么多年来，还没这样贴心贴肺地唠过嗑。就说，他没有别的意思，他也不是不让着方雯，而是……而是……老统计师就问：“而是什么呀？你在家里住两天，就给我搬回去。”

夏朗一直在家住了一个多礼拜。这一个礼拜过得倒舒心，想干点儿啥就干点儿啥，不用看方有礼嘴脸。这期间陈桂芬给他打过一次电话，邀他出来喝茶。夏朗想了想，也没拒绝，拾掇拾掇去了。

夏朗去得早些，陈桂芬去得迟些。他从窗户里窥到陈桂芬从出租车里下来，然后一瘸一拐朝大厅走来。夏朗难免有些讶异，上次竟没发现这姑娘身有残疾。连忙小跑着出去，把陈桂芬搀扶进来。陈桂芬说：“不用搀我，我好着呢。”等落了座，夏朗竟有些羞赧。长这么大，除了方雯，他还真没跟别的女人约会过。陈桂芬似乎也瞧出他有些拘束，笑着说：“你的样子，真像个小孩儿。男人沾些孩子气，就显得特单纯。”夏朗咧嘴笑了，说：“还单纯呢，说结了婚的男人单纯，简直就是骂人家。”陈桂芬慢条斯理地说：“确实如此，大部分男人上了班结了婚，都会染上酒色财气，眼神都变得混浊，就像……就像……”她皱着眉头想了想说：“就像河岸被冲刷后总要留下些垃圾和泡沫，可你不一样，你眼神特干净，你的眼睛还是一条干净的河流。”

夏朗笑了，他没想到这个女人如此看他。他想告诉她，他其实从来没有被外星人劫持过，他也并不是她想象中的那条没有被污染的河流。可是，看着陈桂芬充满期待的脸，似乎说什么都多余。陈桂芬点的是“宫廷大红袍”，待茶泡好，她就慌忙着起身给夏朗斟茶。夏朗从她手里把壶接过，小心着替她斟好，陈桂芬若有所思地默默饮茶。夏朗有些不自在，就问：“你上次打电话，到底想说什么事儿？”陈桂芬一愣，说：“哦，我感觉那些人又要来了。”夏朗知道她说的“那些人”无非就是外星人，笑着说：“真的吗？你是怎么感觉到的？怕吗？”陈桂芬似乎对夏朗戏谑的神态有些不悦，定了定神说：“我老是心慌，老听到有人在我耳边说话，可我根本听不清那人说些什么。”夏朗就笑得更厉害，说：“那些人不会是在警告你，2012 就快到了吧？”陈桂芬也笑了。她笑起来的样子还是很可爱的。她长了两颗洁白的虎牙，嘴角上撇时，苍白的面孔难免就透些朴素的活泼。夏朗若有所思地盯着她，心里想的却是方有礼和他的女儿。陈桂芬突然说：“你快回家吧，夏朗，今晚会有贵客给你带来喜讯。”夏朗慵懒地说：“如果真有好消息，下个礼拜我请你吃烤鱼。”

回到家里，老校长正在收拾他的衣物。夏朗说：“我不会走的，妈。你要是硬赶我走，我就去住如家快捷酒店。怎么，方有礼是自己来了，还是派说客来的？”

老校长说：“他们啊，派说客来的。”

夏朗问：“谁啊？”

老校长说：“能有谁？你们的媒人司马呗。司马这个人可不是白给的，真是口吐莲花、指鹿为马，他真是可惜了，要是去教书，肯定都是全国特级教师了。”

夏朗说：“不管他口吐莲花也好，口吐乌鸦也好，我才不吃那一套。”

老校长摸摸儿子的头发说：“你呀，还真是煮熟的鸭子——嘴硬。可这回，你无论如何都要回去了。你知道吗，夏朗？方雯怀孕了。”

七

方家人对搬回来的夏朗并没显出多热情，也没显出多冷淡，仿佛夏朗只是出了趟短差而已，该看电视的看电视，该做饭的做饭。夏朗四处转了转，这一转才蓦然发现，短短的一个礼拜，他们家已发生诸多变化。那对皮沙发，以前摆在电视机对面，刚结婚时他特别喜欢和方雯挤在上面看电视，现在却搬到了窗台下面，而窗台下面的那条春秋椅，就占据了原来沙发的位置；电视机罩是老校长买的，粉红色，上面绣着夏朗喜欢的哆啦 A 梦，现在变成了橘黄色，上面绣着对俗气的鸳鸯；那盆葳蕤的巴西木，以前摆在金鱼缸旁边，透过鲜嫩的绿色，能看到黑玛丽在鱼缸里游来游去，而现在则搬到了缝纫机左侧……夏朗突然发现，现在他们家的样子，跟方有礼家的平房，已经没什么区别。夏朗站在客厅，木木地想：什么时候，方有礼再把房间的颜色变一下？他记得，那处平房的墙壁，一米以下全刷成了草绿色，看上去就像医院的病房。

而那架天文望远镜，毫无疑问，又被方有礼放到厕所的壁橱里去了。

夏朗后悔回来得有些莽撞。看样子他们让司马请自己，并非出自真心，没准儿方雯怀孕的消息也是假的，他们只想把他骗回来，让他看看，他不在的这段日子，他们过得有多快活，他们肯定又回到了方雯的少女时代，三口人其乐融融……夏朗犹豫片刻，拽出皮箱，把一件件衣物放进去。他想：对方有礼一家而言，他才是真正的陌生人，更有可能，他可能永远就是个陌生人。

这时方有礼过来了，随手递给夏朗一支香烟。夏朗僵硬地点了点头，接了。方有礼嘿嘿笑着说：“夏朗啊，你快当父亲了，我也快当姥爷了。看样子，这香烟哪，我们得慢慢戒了，二手烟对孩子最不好。”

夏朗的心一软。

方有礼说：“你看看你，你看看你，才几天啊，怎么瘦了一圈儿？爸看着真是心疼呢。明天我去买些高丽参，给你炖锅老鸡汤。”

夏朗没有吭声。

方有礼说：“方雯也瘦了呢。这怎么能行？怀孕的人了，最忌讳的就是心神不安。也是，你不在家里，她天天以泪洗面。”

夏朗的心又是一软。

方有礼说：“你能回来，我们真是农奴盼到解放军啊！”

夏朗仍没吭声。

就在这个时候，便听到方有礼老婆在厨房里吆喝：“开饭了！”

到了厨房，夏朗不禁一愣。桌上摆着一个生日蛋糕，蜡烛也点了。方雯把一盘螃蟹放上餐桌，笑着说：“夏朗啊，知道今天啥日子不？今天啊，是你生日呢。”

夏朗心里忽然腾起股暖流。老校长是个稀里糊涂的人，除了小时候给他煮过生日鸡蛋，长大后从没正儿八经给他过过生日。夏朗也渐渐对所谓“生日”了无概念。方有礼一把将夏朗按在座位上，说："今天啊，我们夏朗过生日，方雯呢，也有喜了。高兴呢！方家有后啦！你妈跟方雯炒了几个拿手小菜，咱爷俩好好喝两盅！"

那天晚上，夏朗喝得连呕带吐。他怎么喝了那么多白酒？几杯酒下肚后头就眩晕起来。他看到方雯不停地伸着舌头舔奶油，有几星不小心沾到了她鼻尖上，丈母娘笑眯眯地盯着盘红薯秧子炖南瓜，仿佛忆苦思甜。方有礼呢，宽阔的鼻翼两侧沁着亮晶晶的汗水，圆润的颧骨绯红，一张大嘴巴不停地嘚啵嘚啵地翕合。他听到方有礼说："夏朗回家就对了，夫妻哪里有隔夜仇？"他听到方有礼说："夏朗以后可不能这样任性固执，说离家出走就离家出走。"他听到方有礼说："房子我们还是买在一起吧，相互照应起来多方便，将来哪天我们死了，房子也是你的，你就让你的儿子接着住。"他听到方有礼说："明天我们就去交首付，你该上班就上班，不用你操心呢。"他还听到方有礼说："夏朗你的排骨掉衬衣上了，赶紧着拿抹布擦干净……"夏朗只是不停点头，不停点头，他感觉自己正在听一个饶舌的牧师布道。他觉得这个肥胖的牧师是那么仁慈，那么亲切，他以前本想把他钉上十字架，现在是恨不得要跪下去亲吻他的脚趾了。他本来想跟方有礼说说天文望远镜的事。他想跟方有礼说，望远镜如果搁置起来，就不是望远镜了，天文望远镜如果不用来观测星云，就不是天文望远镜了。可到了后来，他是连一句话都说不出来。他想着水母星云里的那颗蓝色星星，很快就熟睡过去。

方雯怀孕期间，反应闹得厉害。连口水喝下去，也要翻江倒海吐个不止。夏朗在镇上上班，照顾起来不很方便，就特意叮嘱老校长多留心。三四个月上，方雯突然见了红，老校长急急忙忙给夏朗打电话。夏朗就坐了公共汽车心急如焚地回来。回来后给老校长打电话，没承想老校长说，方有礼已经骑着摩托车带方雯去医院了，她还在去医院的路上。夏朗就打了辆出租车直奔妇幼医院。在门诊，气喘吁吁的他看到方有礼爷俩正静静坐在长椅上。

方有礼面色凝重地拔着腰板斜靠着墙壁，一只肩膀高，一只肩膀低，方雯呢，脑袋病恹恹地靠在他的肩膀上。她脸色惨白，目光呆滞地睃着熙攘人群，方有礼时不时地伸出手，摸一摸女儿的头发，嘴唇一张一合，无疑在安慰她。在一刹那，夏朗似乎明白了什么。在方有礼眼里，方雯肯定还是那个喜欢黏在他身上的七八岁女孩儿，她并没有长大，并没有成为人妇，也没有将为人母。她只是一只孱弱的、需要他来保护的小动物。那么，在方有礼眼里，自己又算什么？猎人还是第三者？他呆呆地站在那儿，并没有立即打扰他们。他觉得，让一个感伤的老男人安静地舔一舔伤口，享受一下消逝的时光，无疑是种美德。

说实话，那段时间，夏朗似乎遗忘了他的天文望远镜。

他哪里还有空去摆弄他的望远镜呢？他每天晚上要跟方有礼一起给方雯做饭，饭要清淡，还要不重样，今天竹笋糯米粥，明天海米玉米汤，后天木瓜牛奶羹。饭后要陪着方雯一起做胎教，听舒伯特的小夜曲，听儿童讲《格林童话》，还要听一个发音老是卷舌的中国人用英文朗读世界名著……方雯越来越胖，夏朗每日晚上抚摩着她臃肿硕大的腹部，仿佛一个穷人在看护着他唯一的宝藏。

八

孩子生下来已是芒种，带壶把的男孩儿，两家人甚是欣喜。方有礼迫不及待地给孩子起了个乳名，叫乖乖。夏朗也没说什么。不久，两处新楼也装饰一新，夏朗就带着老婆孩子搬进去。方有礼夫妇随后也搬到对门。老校长在夏朗家服侍了半月后，方有礼说："我的亲家母啊，亲家母，老夏一个人在家，你怎么能放心？嗯？听说他不会做饭，饥一顿饱一顿，万一落个胃病的根，该有多麻烦！他的前列腺炎和糖尿病，不是已经让他够挠头心烦的了吗？快回去吧，好好照顾老夏去吧。"

老校长眯着眼瞅了瞅方有礼，他脸上貌似关切的神情让她不禁嘘叹一声。午后，她就夹着包裹三步一回头地回家找老统计师去了。

方有礼夫妇呢，并没有住在对门，而是依旧和夏朗他们住一起。方雯奶水不足，晚上要起夜给孩子沏奶粉。夏朗方才知晓沏奶粉也是门学问。如果用开水沏，太热，奶粉冲后要凉一会儿，孩子嘴紧，定会哇哇大哭；如果用凉白开沏呢，奶粉又冲不匀，一坨一坨的，孩子喝着费劲。最好的办法就是事先把奶粉冲好，等孩子醒了，再用开水冲一瓶，两下混淆，不冷不热，喝着正好。为了保证方雯的睡眠，方有礼强烈要求孩子跟他们睡。说他们老么咔哧眼的了，一晚上睡不上四五个时辰，不正是照顾孩子的最佳人选吗？就将孩子抱过去。这样，每天晚上，夏朗只听到孩子声嘶力竭地大哭，然后是老夫妻噼里啪啦忙作一团的声响。夏朗捅一捅方雯，方雯睡得死猪般，鼾声连天。自从分娩后，她似乎就得了嗜睡症，蓬头垢面，眼老睁不开。

等孩子一周岁，又是来年开春。空气里到处荡漾着花粉。方有礼时常将孩子抱到小区里耍。夏朗那天休礼拜，跟着下了楼。人家见了孩子，都夸长得天庭饱满地阁方圆，将来肯定光宗耀祖，又夸方有礼说："你这个当爷爷的，有这么个孙子，老了肯定沾光啊！"方有礼有些不高兴地说："我不是孩子爷爷，我是孩子姥爷。"人家就说："哦，肯定是孩子爷爷住下乡下，没空哄吧？姑爷姑娘还真是有福分呢。"方有礼抱着孩子转身就走了。夏朗站在那里，觉得哪里似乎就不对劲了。

其实，老校长和老统计师每个星期都是要来上几趟。来也不是空手来，总要买几罐奶粉。可即便来了呢，也插不上手，孩子在怀里抱了屁大一会儿，就被方有礼急急抱将过去，嬉皮笑脸地说："这孩子认生，待会儿肯定要哭闹呢。"老统计师粗粗拉拉，倒没什么，老校长听了却有些不是滋味。回家后给夏朗打电话说："天儿也转暖了，孩子也不小了，你们逢了周末，也过来瞅瞅。没听方有礼说吗，我跟你爸爸，都是外人呢。"

夏朗就想带孩子去老校长家看看。孩子长这么大，还没去过奶奶家。跟方雯说了，方雯噘着嘴说："又不是成年累月地看不着乖乖，有什么好去的？"嘴上虽这么说，却也是去了。老校长见了孙子，自然眉开眼笑，虽然孙子还没长牙，仍做了一桌子菜，倒比过年过节要丰盛。还没等上桌，就听到电话响，接了，却是方有礼。方有礼说："孩子的奶瓶该换奶嘴了，要不要我送过去一个？"老校长说："就别麻烦了，我这里准备了四五个，什么型号的都有。"方有礼就叮嘱老校长，一定要用开水将奶嘴煮一煮。老校长说："这个不消说，肯定会用开水烫一烫的。"方有礼又说："光烫一烫是不行的，谁知道出厂的时候，最后一道工序的工人是不是肝炎患者呢？千万得小心！一定要用开水煮呢！"老校长说："老方啊，你就放心好了，我又不是没生养过孩子，不用你个大男人来教我。”

没想到，饭还没吃完，方有礼就来了。用塑料袋裹了两个奶嘴，说是刚才去探望一个老朋友，就在老校长附近住，顺便来看看外孙。老校长板着脸没怎么理他。他就径自抱了孩子又亲又啃，仿佛倒是平生第一次见到亲骨肉一般。夏朗在旁边看了，说不出的厌烦，当着方雯的面，又不好说什么。可是即便说，又能说什么？

回家后，方有礼跟夏朗说：“孩子这么小，是不能出远门的。有个着凉上火，可是天大的麻烦。春天风硬，最怕得的就是肺炎。”夏朗说：“有什么怕的，今天上午你不就带孩子出去溜达了吗？”方有礼说：“你怎么能这样跟我说话？我们不都是为了孩子好吗？”夏朗说：“我怎么跟你说话了？你还想我怎么跟你说话？我对你已经够宽容的了！”方有礼这下就跳起来，拍着桌子嚷道：“宽容?！我要你来宽容？笑话！你娶了我的女儿，你住着我的房子，孩子我替你哄着，饭我替你煮着，你有脸跟我提宽容？真是让人笑掉大牙啊！亏你还是个大学毕业生呢！说话就这鸟毛水平！我们老两口儿累死累活做牛做马的图个啥？你竟在我跟前提宽容？你有这个资格吗?！”

夏朗一句话都说不出来，他只有看着这个浑身颤抖的老男人。当这个肥胖的老男人再次拍桌子时，夏朗突地拿起暖壶狠狠摔到木质地板上。暖壶嘭的一声就碎了，碎片飞溅开去，一片片扎在夏朗脚背上，热水也汩汩流淌着，瞬息间就将夏朗的脚烫得水疱连连。

九

夏朗在老校长家住了七天。老统计师陪儿子去了趟医院，将碎片剔出。夏朗脚上抹了药水缠了纱布，走起路来一瘸一拐。老校长没问个中缘由，也没催他回家。方雯倒是来了趟，不冷不热地劝他回去。很显然，她对夏朗还有怨气，认为是夏朗的不是。如果不是夏朗的不是，方有礼怎么突然就犯心脏病了？要不是手头有速效救心丸，不定有个什么好歹。夏朗就跟方雯说，他想冷静冷静，一定是哪里出了问题，等他想明白了，就立即回家。方雯也没有强求，只是说："你个蔫巴肉心眼子，看着办吧。"

这期间，夏朗出去喝了两次酒。一次是跟刘振海。刘振海到夏朗所在的分局当副局长，他是夏朗他们这拨人里提升最快的。听说他舅父是县里的人大主任。两杯酒下肚，刘振海就说，他找夏朗的原因很简单，一是叙叙旧，他们曾经共患难过，那年在市里录数据，如果不是好心的夏朗帮忙，他不定会挨多少批评呢；二是交交心，他刚来分局，对分局的人际关系不是很了解，想听夏朗掰扯掰扯，哥儿俩都是年轻人，惺惺相惜不存戒心。夏朗就将分局鸡毛蒜皮张三李四的事说了个大概，谁跟谁如何的秉性，谁跟谁如何的关系。刘振海听得津津有味，不住点头。等夏朗讲罢，他就盯着夏朗看。夏朗被他看得发毛，就说："怎么，中邪了？"

刘振海说："我没中邪呢。我是在琢磨你呢。"

夏朗说："我有什么琢磨头？草民一个。"

刘振海说："也是。你这样的人倒真少见，学历挺高，却愿意跑到县城当小公务员；人挺聪明，却对仕途不闻不问。你难道对自己的未来没什么规划吗？你难道没有自己的理想吗？"

"理想"两个字从市侩的刘振海嘴里出来，让夏朗不禁笑了。他边嚼着花生米边说："我是个随遇而安的人，这样随性活着，不挺好？我干吗非要去追什么东西？"

刘振海说："哎，你呀，真是个怪人。年纪轻轻，说起话来却像老和尚。"

第二次喝酒，却是在"被劫持者论坛"网友聚会上。本来夏朗不想去，可是陈桂芬打电话说，她很想见夏朗一面，她最近又有些新发现。夏朗眼前就浮现出她走路的样子，还有她微笑的样子。聚会是在市里举行的，规模很大，定在最豪华的"大陆海鲜"，来了不下二三十号人。夏朗就跟陈桂芬坐在一起。主持人将这次聚会的主题定为"异能的苦恼"，之所以有这样的主题，是因为有些被劫持者有了特异功能后，对异能的价值产生了质疑。有异能是好事，可那些普通人怎么看？他们会不会认为异能者对他们的生活构成了潜在威胁？就算异能者帮他们治病开药，他们会不会只把此举看成是异能者的自我救赎？

夏朗对这些话题没多大兴趣，而是跟陈桂芬说起了不久前的一次星云观测。他说，他在阳台上观测到了一个旋涡星系，就是那个著名的“梅西耶 51a”，与地球的距离为 2800 万光年，位于北天的猎犬座，是一个庞大的、与它的伴星系共存的旋涡星系。这是宇宙中一个非常著名的旋涡星系，它和它的伴星系（NGC 5195），非常容易被观测到，甚至用双筒望远镜都可以看到。“你知道它们像什么吗？”看陈桂芬摇头笑了笑，夏朗说，“它们简直就是一只巨大蜗牛。你见过蜗牛吧？旋涡星系有一个紫色的壳，前端有一个细长的脖颈，只不过，它的头在往回看，在它眼部，有一团紫色的、耀眼的星体。跟人的眼神相比，这只蜗牛的眼睛，是非常柔和、非常温驯的。”

陈桂芬很有礼貌地颔首，夏朗却有些内疚，他其实有一年多没摸过那架天文望远镜了。搬到新家后，他甚至不知道方有礼将望远镜放到了什么地方。更为内疚的是，他怎么就对陈桂芬信口开河地讲起旋涡星系了呢？他以前可不是无中生有的人。可陈桂芬好像并不这么想，最起码，她倾听的样子很虔诚。后来，陈桂芬轻声细语地问夏朗：“你知道双子座吗？”

夏朗说：“当然知道。”

陈桂芬说：“那你喜欢水母星云吗？”

夏朗的心一颤，问道：“你也喜欢水母星云？水母星云离地球大概有1500光年，很近的。我曾经观测水母星云有八九个月之久呢！”

陈桂芬盯了夏朗很长很长一段时间，然后用一种几乎听不到的声音说：“你知道吗，我在那里住过。”

夏朗看了看她，笑了，然后又看了看她，又笑了，最后咬着嘴唇问：“你去那里度假吗？你是坐UFO去的，还是自己驾着热气球去的？”

陈桂芬很严肃地说：“你真想知道吗？想的话，我们去酒店接着聊。我把所有的秘密都告诉你。”

事后想想，夏朗也不清楚怎么就随陈桂芬去了酒店。他那时还没喝酒。喝酒是到酒店之后的事。他们悄悄地从饭桌上离开，并没有引起旁人的注意，他们也很顺利地就抵达了酒店。那是间豪华包房，灯光迷离。夏朗坐立不安地站在门口，想不通怎么自己就随陈桂芬到了那儿。后来，陈桂芬说：“我给你变个魔术吧。”然后，她扯下自己的丝巾，挡住了左手，郑重其事地朝丝巾吹了口气，当丝巾拿开，她的左手俨然托着一瓶红酒，红酒的盖子已经打开。陈桂芬把酒倒进两个玻璃杯，一手一杯，然后低一脚高一脚地朝夏朗蹭过去。

夏朗那天晚上一定是喝醉了。如果没有喝醉，他怎么就躺到那张柔软的席梦思上了？如果没有躺到柔软的席梦思上，他怎么顺手就把陈桂芬揽进怀里了呢？他不但将她揽进怀里，还剥光了她的衣服，不但剥光了她的衣服，还长驱直入进了她的身体。当他闭着眼睛闷哼一声，酒气似乎才隐约散去，然后，他惊奇地发现，陈桂芬的身体竟然是淡蓝色的，她犹如修长的蓝色琉璃器皿躺在那里，淡淡的、迷离的光晕从她的脚趾流淌到她的小腹，又从她的小腹流淌到她纤弱的脖颈，他只好笑着问："你为什么把全身涂满荧光粉呢？"陈桂芬并没有解释，只是再次将他的腰身扳过，贴着他的耳郭喃喃道："你会永远记得我吗，无论我在哪一个星球上？"

翌日醒来，已然晌午。窗帘拉着，阳光散漫地扑满房间。夏朗似乎想起什么，慌忙四处张望，却再无他人。匆匆从酒店跑出来，打车回了家。司机问去哪里。夏朗张口就说："桃源县嘉华雅苑。"而后又昏昏沉沉地睡了。等一觉醒来，司机师傅说："嘿！哥儿们，到了，你这一路，可睡得真香哪！"

夏朗站在嘉华雅苑小区门口，踌躇半天，还是直接上了楼。开门的不是别人，正是方雯。方雯呀了声说："夏朗回来了。"没多久，乖乖就从屋里踉跄着出来，见了夏朗，"爸爸爸"地喊。夏朗眼睛湿了，一把抱了，拿眼角余光去瞥方雯，方雯正朝他笑。方雯说："快把乖乖放下，医生过会儿就给他输液来了。"没等夏朗细问，方雯又说："孩子开始只是咳嗽，后来就发烧。吃了些感冒药，高烧还不退，到医院一查，是初期肺炎。输了四五天液，情况稍稍稳定，我们才带着乖乖回家，每天请医生上门输液。"

夏朗就急了，大声质问方雯："孩子有病了干吗不告诉我一声？"

方雯说："你不是受伤了吗？腿脚不灵便。"

夏朗就说："跑不了你也该告诉我，我去不了，我爸我妈难道还跑不了吗？"

方雯一愣，摆摆手说："你添什么乱啊，有我爸在就够了，还麻烦他爷奶干吗？"

夏朗站在那里，不知如何驳她。这时方有礼就走了过来，这是那次吵架后夏朗第一次看到他。他哪里有得心脏病的症状？肥头大耳，腮帮上布满条条"红绒"。夏朗受伤后，他没去看过夏朗，甚至连个电话都没打。据说夏朗刚去了医院，他就心脏病突发倒地上了。

"你的脚……恢复得怎么样了？"

夏朗说："挺好，没瘸。"

方有礼咳嗽了声，说："哎，那天真是怪，我不冷静，你也不冷静。"又说："你回来就好。你是家里的顶梁柱，缺了你，我们是连槽子糕也做不成的。"

夏朗看着他，他说话的样子很诚恳，夏朗甚至看到了他眼神里流露出的不安和内疚，只好说："也没什么大事，皮肉伤而已。乖乖呢，我看最好还是住院吧，在家里，还是心里不安稳。"

方有礼说："儿科全是得肺炎的孩子。乖乖已经好得差不多，再待在医院里，万一被二次感染，该如何是好呢？"

夏朗想了半天，才说："随你的便吧，你想怎么样就怎么样，你愿意怎么着就怎么着。"

十

方有礼夫妇在夏朗家一住又是两年。乖乖会冒话了，乖乖长牙了，乖乖会走路了，乖乖会骂人了……夏朗一家人的日子全绕着乖乖展开。方有礼两口子每天哄孩子，到了上幼儿园的年岁，也没让乖乖全托，只隔三岔五送上一次。方雯呢，调到了县局的办公室，负责收发文件，夏朗呢，还在分局管微机，每天晨起搭公车，晚上六点钟才回家。像他这样的男人委实少见，烟也戒了，酒一滴不沾，从不跟同事洗脚泡 KTV，朋友也没一个，除了单位就是家。他越来越瘦，穿腰围二尺一的裤子，眼角的皱纹也爬了不少，来办事的人员，年轻点儿的都郑重地管他叫"夏叔叔"。听人家这样叫，他还是激灵了下，不过想一想，自己都三十来岁的人了，也没什么可奇怪的。有一天他去老校长家，老校长非要给他称一称体重，他就乖乖地站到简易秤上。老校长就愣住了。他问："多少斤啊？"老校长瞥他一眼，说："刚好一百斤……"老校长犹豫着问："你最近没跟他斗气吧？"

夏朗晓得母亲嘴里的"他"是谁，说："没。"

老校长在他身后站着，泪就要落下。她听到夏朗说："我们处得挺好的，挺好的，真的挺好的，能有什么不好的呢？"

其实，老校长倒是想跟夏朗说几件事。上个月她去看乖乖，买了几斤香蕉。老校长生性节俭，买的香蕉是处理的，皮儿有点儿黑斑。不承想乖乖见了，说："奶奶真抠门，舍不得花钱，专买烂香蕉。"小跑着将香蕉扔进垃圾桶。老校长很上火，虽童言无忌，可孩子怎么知道什么便宜什么贵？无非是方有礼教的。老校长起身就走了，乖乖还追在身后说："抠门奶奶，不许来我家，不许来我家。"上个礼拜，老统计师去商场，刚巧碰到方有礼和乖乖，乖乖见了他，连声"爷爷"都没叫，方有礼也只是貌似威严地朝他点点头。老统计师到家后跟老校长说："唉，这个孙子，是姓方呢，还是姓夏呢？"

当然，这些话，老校长断不会说给儿子听的。他已瘦成一把骨头。

瘦成一把骨头的夏朗，觉得自己简直是进入暮年。如果没记错，他甚至很长时间没有和方雯亲热了。方雯好像也忘了这茬，晚上把乖乖哄睡了，她也就睡着了。有时候，夏朗呆呆地看着方雯，努力把她和几年前那个邀请他看电影的姑娘联系在一起，可是无论如何，这个方雯和那个方雯，都不能重叠。她比以前胖了，摸上去肉乎乎的，但再也没那种蜂蜜般的嫩滑。

至于方有礼，夏朗再也没跟他翻过脸，不过，只要见到他弥勒佛一样的笑脸，心里就神经质地哆嗦下。他不晓得这是怎么了，可也懒得去深究。做饭的时候，方有礼会让他打下手，如是辣椒炒肉，方有礼负责洗辣椒，夏朗就负责切肉；如是红烧鱼，夏朗负责杀鱼刮鳞，方有礼负责下锅烹炸。他们之间配合得很好，也没有什么差错。开饭的时候方有礼瞥他一眼，他就急匆匆给丈人拿酒杯，再倒上上好的散白酒。临睡觉前，夏朗会烧上几暖壶开水，先给儿子洗脚，再给方有礼倒上一盆，将擦脚巾叠得方方正正，摆在旁边的凳子上。没有人非要他这样做，可是他还是这样做了，而且做得很自然、很流畅，犹如澡堂里的搓澡师傅见了客人，不用先问客人是否搓澡，只管先将毛巾洗干净、牛奶和盐放在手边一般。

至于那架望远镜，他真的找不到了。也许被方有礼拾掇到耗子洞里去了，反正，夏朗把那架昂贵的望远镜忘得一干二净。他也再没如醉如痴地观测过水母星云。他也忘记了那颗透明的瓦蓝色星星。有时他甚至连自己都怀疑，自己真的有过那么一架天文望远镜吗？自己真的观测过水母星云上那颗会眨眼的蓝色星星吗……如果不是那天接到陈桂芬的电话，他几乎想不起来，他曾经真的有过那么一架时髦的东西。接到陈桂芬电话那天，夏朗正在擦皮鞋，先将乖乖的擦了，再擦方有礼的，岳母的，然后擦方雯的。等擦完了，才发现自己脚上的皮鞋干净得很，愣神儿的空当，手机响了。

“夏朗吗？你是夏朗吗？”陈桂芬的声音听起来很焦躁，“我是陈桂芬，我是陈桂芬！你还记得我吧？”

夏朗怎会忘了她。夏朗说：“是我，有什么事？”

陈桂芬说：“你现在能出来趟吗？我有些重要东西给你。”

夏朗看了看坐在沙发上打毛衣的方雯，说：“我现在忙得很。”

陈桂芬说：“我求你了，你抽空来一趟吧。”

夏朗压着嗓子说：“是不是那些外星人又来找你了？”

陈桂芬不说话。

夏朗就问：“你最近还好吗？”

陈桂芬说：“一点儿都不好。”

夏朗说：“我挺好的。他们要是真来逮你，你就赶快去公安局备案。”

陈桂芬叹息一声说：“这一次……我真的要撤了。”

夏朗“嗯”了声。

陈桂芬说：“其实，我从来没有被外星人劫持过。”

夏朗说：“我知道。”

陈桂芬沉吟着说：“其实，我不是地球人。我家在水母星云里的一颗小行星上。我这么远来地球，只是想看看你。”

夏朗不说话。

陈桂芬说：“我居住的那颗蓝色行星，是一个类似你们佛语中极乐世界的地方。我们从一降生就完美无瑕，没有疾病，没有死亡，我们是永恒的。”

夏朗的汗流了下来。

陈桂芬说：“可我不喜欢那种日子，我特想知道，有缺憾的日子什么样儿。那一年，你老用望远镜观测我们星球，我也注意到了你。你不知道，我的望远镜比你的高级一亿倍，上面有一个 HGU 仪器。你信吗？我能看到你鼻翼两侧的粉刺黑头。”

夏朗说：“对不起……我该去吃饭了。”

陈桂芬哽咽着说：“我选择了一个跛脚女孩儿的身体作为宿主，而且我如愿以偿……那个晚上……我会记住。我在玲珑小区，你过来趟，我有件好东西给你做纪念。”

夏朗沉默了足足有一个世纪那么长，然后果断地挂了电话，系上围裙，赶紧去做醋熘藕片。

方有礼出事，是吃完醋熘藕片的翌日。那天中午，乖乖非要一辆迷你赛车，方有礼就骑着自行车带乖乖去超市买。在超市门口，乖乖的鞋带开了，乖乖就说："老方老方，鞋带鞋带。"方有礼蹲下给乖乖系鞋带。他这一蹲，就再没站起来。如果不是一个好心人将他送进医院，没准儿当时就死了。医生说，方有礼的脑血栓很严重，即便度过危险期，以后怕也是不能说话走路。

将方有礼从医院接出来，正逢溽夏。夏朗和方雯将轮椅推进房间后，方雯就嘤嘤地哭起来。夏朗不晓得这是她第几次哭了，她的眼睛这段时间总是红肿着，就去瞅方有礼。方有礼坐在轮椅上，更像一尊弥勒佛雕塑，只不过，他的老眼不会眯着笑了。他的右腿跟右胳膊都被"栓"住。最倒霉的是，舌头也被"栓"住。他坐在轮椅上，嘴角流着黏稠的哈喇子，"啊啊啊啊"地嘟囔着什么。夏朗将新买的一块手绢围在他脖子下面，然后久久盯着他。方雯就说："夏朗啊，以后要记得每天给爸爸擦身子、洗脚，要是擦得不及时，很容易得褥疮。"说到这儿，又跟她妈一起号啕大哭起来。夏朗哦了声，将目光投向窗外。方雯就抽噎着说："你倒是听到没？他要不是为咱们操心费力，至于搞成这个样子？"夏朗没吭声，径自走到阳台。七月的阳光曝晒着夏朗，直晒得骨节噼啪作响。

到了秋天，方雯听人说，县城有位老中医，治疗脑血栓有一套，颇为灵验，就给了夏朗地址，让他求药，夏朗就开车去了。老中医住在玲珑小区，这个名字夏朗听着怪耳熟，可也没往深里细想。

老中医很有些架子，留着白须，穿着白大褂，戴着副玳瑁腿老花镜。他问了问方有礼的病情，而后给夏朗开了两剂草药。夏朗付了钱，拿药告辞，进了车刚想发动，不晓得怎么就瞥到“玲珑小区”的牌子，突然想起，陈桂芬似乎就住在这儿。想了想，就给她打手机。可打了四五遍，提示音都是“号码是空号”。忍不住下了车，溜达到警卫室，问这里是否住着一个叫陈桂芬的人。

警卫是个邋遢的中年人，穿着一身卡其布蓝衣裤，上面印着××机械厂的字样。他瞄了眼夏朗说：“你说的这个陈桂芬，是不是那个小儿麻痹症患者？”

夏朗说：“是啊，她不是住在这儿吗？”

警卫说：“是住在这儿啊，不过，那是以前的事了。”

夏朗想了想说：“她什么时候搬走的？”

警卫环视下四周，这才凑到夏朗跟前说：“她没搬走。”

夏朗狐疑地看着他。警卫沉吟了片刻，这才低声说：“我跟你说了你也不相信。”

夏朗就笑了声说：“有什么不信的？难道她真被外星人捉走了？”

警卫后退两步，仔细打量着夏朗说：“你知道这件事啊？”

夏朗看着警卫的认真样，忍不住笑起来。

警卫叹息声说："唉，如果不是亲眼所见，我也是一辈子不信的。那个东西真亮啊，比太阳还刺眼，叫啥来着？UFO？当时陈桂芬正跟刘老太太唠嗑，那东西突然就停在半空，一百来米高。大家眼睛都睁不开了，只听到陈桂芬一声尖叫……然后……唉。"

夏朗出了身汗，忙问："然后怎么了？"

警卫努了努腮帮子说："然后，陈桂芬就不见了呗。那个UFO也不见了。"

夏朗傻傻地盯着警卫，警卫说："刘老太太吓傻了，现在还住精神病医院呢。那天在现场的人，都不敢跟别人说这件事，怕那东西……把自己……也捉走了。"

夏朗半晌才说："大哥啊，你可真会开玩笑。"

警卫瞥他一眼，就不再搭理他，闷闷地抽烟去了。

夏朗开了车回家。说实话，长这么大，他还没遇到过这么不靠谱的警卫。他记得那天陈桂芬打电话，说有东西给他，会是什么重要的东西？再说她搬到哪儿去了呢？这样想着驶出了小区。刚到主街，就接到方雯电话，她恹恹地叮嘱说，让他把草药放到惠康药店煎熬一下，刚才她去买砂锅，没有买到。"点儿真背啊！"夏朗听到她不耐烦地嚷道，"你早点儿回家！"夏朗嗯了声，将车开得更快些。

秋日晴空，似被涤荡过，大朵大朵白棉花浮着。夏朗想：

自己到底有多长时间没有观测过星云了？改天一定要把天文望远镜翻出来，而且还要添置一个新的赤道仪，他早就想买了。秋天来了，所有的天文爱好者都知道，这个季节，正是观测星云的黄金时期。

图书在版编目（CIP）数据

绵羊向西 / 张楚著． -- 石家庄：河北教育出版社，2022. 10

（年轮典存丛书 / 邱华栋，杨晓升主编）

ISBN 978-7-5545-7188-0

I. ①绵… II. ①张… III. ①中篇小说 - 小说集 - 中国 - 当代 ②短篇小说 - 小说集 - 中国 - 当代 IV. ① I247.7

中国版本图书馆 CIP 数据核字（2022）第 157397 号

年轮典存丛书

书　　名　绵羊向西

MIANYANG XIANG XI

作　　者　张　楚

出 版 人　董素山

总 策 划　金丽红　黎　波

责任编辑　汪雅瑛　张　畅

特约编辑　张　维　韦文菡

出　　版　河北出版传媒集团

河北教育出版社　http://www.hbep.com

（石家庄市联盟路 705 号，050061）

印　　制　天津盛辉印刷有限公司

开　　本　787 mm × 1092 mm　1/32

印　　张　8

字　　数　153 千字

版　　次　2022 年 10 月第 1 版

印　　次　2022 年 10 月第 1 次印刷

书　　号　ISBN 978-7-5545-7188-0

定　　价　48.00 元
